愿余生与你相逢

Together

仲尼Johnny

著

中国友谊出版公司

目录

CONTENTS

别离从未间断，

但努力相逢的人总会再相逢。

仲尼

作品

Part 1

卧
●
底

"人世间无所谓幸福与不幸福，只有一种境况与另一种境况相比较，仅此而已。

只有经受了极度不幸的人，才能感受到极度幸福。"

二〇一四年一月十三日　天气：雪

"你有没有想过，有一天你会遇到不想做，但又不得不做的事情，连选都没得选……"

现在是凌晨零点十八分，我进入黑帮卧底的第一天，按道理说，我应该早点儿休息，第二天才有充沛的精力上班，但我睡不着。回想起这一天的经历，声色犬马、烟雾缭绕。

我怀疑，世界上是否真的存在选择。我们无法选择出身，无法选择未来，唯一可以做的选择，只能是选择接受，选择隐忍。

马来西亚当然不会下雪。

二〇一七年四月十五日　天气：晴

"女人真是一种奇怪的生物，她可以做你的求生欲，但当你活着出现在她面前，她又想让你死。"

阿健比我幸运，不是因为他的伤比我浅多少，而是因为他老婆看到他带伤回家后不会问太多，只是默不作声帮他包扎。

May就不一样。她只会无休止地怀疑，尽管我已经将施工事故编造得足够有诚意，她还是不肯罢休，她咒我早些去死，之后盘腿坐在沙发上，浪费掉两盒纸巾，纸巾不够了，她便会将眼泪蹭在抱枕上，那是May最喜欢的布艺沙发。

我很想告诉她，我是爱她的，不然我不会有那么强的求生欲。我也很想告诉她，我是警察，但我不能，万一她走漏了风声，后果不堪设想，但是她一定会告诉她爸。

忘了从什么时候开始，她不让我抱了，所以，我就一直没有再抱过她。

二〇一七年五月二日　天气：雨

"没有不怕疼的人，只有假装不疼的人。"

每次见到青姐，场景都很尴尬。也许是紧张的氛围催生了微妙的情绪，在与May在一起之前，我并不介意多遇见她几次。

这次也未能幸免，我们四目相对，尴尬且窘迫。她的烟从细长精致的女士香烟换成了最便宜的骆驼，我看得出她不爱抽，但她仍旧想要端起那种姿态。高高在上的，目空一切的。她需要那种姿态。

曾经，我以为高不可攀的女人，如今还要对我的顺手相救说一句谢谢。我开始明白，在这个时代里没有恒定的事情，背后的墙会倒，前方的路会陷，没有人是不怕疼痛的，就像没有人愿意经历人生的跌落，有的，只是假装不疼的人。

忽然觉得，我与她的人生轨迹算是有些重叠。说起来，她和我，应该算是老朋友了吧。

二〇一七年六月三十日　天气：晴
"我想娶你，等一年没关系，等十年也没关系，但我最希望的是明天就可以。"
二〇二〇年的七月，那个时候她一定知道我是一名皇家警察了，那个时候我会把机票藏在宝宝的婴儿车里，我能想象出May发现机票时的样子，一阵狂喜之后，她一定会去偷偷查价格，若我买贵了，她也不会说，只是在旅行回来的饭桌上必然会少一个菜。奥地利和瑞士是她期待了很久的地方，我曾经质疑琉森的雪山融水是不是真的能喝，但到那时我猜都不用猜了，因为第一口她一定会喂我。

期待一件事时，仿佛时间真的可以过得很快。打开日记本时，是凌晨一点；写完这句时，已经是四点，May睡着了。

如果以后的时间都可以像每天能拥抱着她的夜晚一样快，那我愿意等，不论多久。

二〇一七年七月十日　天气：阴

"你最好的兄弟得了癌症，或许你应该独自庆祝一下，去吃个火锅？"

我很排斥与这里的任何人产生友谊，因为我打心底里知道这条绳索到最后要么只能剩一个人，要么就全断了，如果负重的感情太多，就不敢往前走了。

今晚，你一瓶接一瓶地把冰啤酒灌进肚子，酒杯放得很轻：

"兄弟，我得肠癌了。最多八个月吧，就这么个情况。钱给老婆和儿子留够了，这辈子也就这时候轻松点了。"

风轻云淡。

你的话我一字不落地记下了，希望一年半载后我能拿这段话，让所有兄弟讥笑你。

其实在得知你生病时，我竟有些开心，这样你就永远不会知道我是个警察了！

如果有那么一天我们必须道别，我希望是以黑帮阿久的身份与你道别，这样不负我们兄弟一场。

二〇一七年七月二十八日　天气：晴

"如果你女朋友的父母不喜欢你，那一定是因为你不想让他们喜欢。"

我有过一个同事，我曾问他为什么他与很多人的关系都处不好，他回答说："因为我故意不想让他们喜欢，不然会给自己招来麻烦。"我一直以为这是他在为自己的情商不高找借口，但今天我似乎明白了这个道理。

我跟May说过现在不是见父母的时候，她其实也明白，不过换位思考的话，他们非要来也是情有可原，毕竟我和她在一起这么久了。这个世界上会有比这更糟糕的初次见面吗？他们应该听不出"设计师"这个职业是有端倪的吧？给不了任何承诺，报不出年薪，任何女孩子的父母都会放心不下吧？

May安排我与她父母见面的餐厅竟然有着很大的落地窗，人来人往的，连尴尬都显得不太自然。

我是警察啊！

我这样，还算是警察吗？

二〇一七年八月四日　天气：晴

"那些难以发觉的最朦胧的情感，总是在再也见不到之后。"

在我的记忆里，整个国中我最留恋的，是毕业那天。那天早晨从踏进班级开始，我就觉得每张脸都很可爱，当时我并不懂是为什么。

今天她走了，没来得及说上一句话。

忽然，我终于明白，原来那种留恋，是因为：

我知道我们以后各自都会有很长的路要走，但不管那条路有多长，我们都不会再相遇了。

这最稀松平常的一别，竟是余下半生里的最后一眼。

二〇一七年八月五日　天气：雨

昨晚的事情我想了很久，我不知道我做的是对是错，我记得大仲马说过："人世间无所谓幸福与不幸福，只有一种境况与另一种境况相比较，仅此而已。只有经受了极度不幸的人，才能感受到极度幸福。"这种日子什么时候才是尽头，我真希望有这么一天。

01

阿久路过了那个大概叫小五还是阿五的大个子家门前，名字记不得了，他只记得当年他长得高大，学校里几乎没人敢欺负他。后来阿久才知道，他的身高都是唬人的，阿五的心智就是个小孩，吓他一下，他是会尿裤子的。

这是个不长的胡同，只有街口一盏灯，越往里走越昏暗。

阿久和阿健靠着墙边的石阶蹲下，很像银行门口的两个大石头狮子。他瞄了瞄时间，七点一刻，那些没出息的上班族是时候下班了。

这事还要从之前阿健找他要烟抽说起。阿久一拍口袋，烟盒薄得像张废作业纸，拍下去连硌手的感觉都没有，就那样皱成了一团。

"他妈的，剩这么点烟草渣。"阿久掏出那团烟盒，晃了晃，只有散散的颗粒声。

"别别别别扔！"阿健从他的手上把烟盒抢了过来，把盒子的褶皱剥开，将里面仅余的那些玩意儿倒在手上，闻了又闻。

"烟瘾犯了。"

他清清嗓子，吐了口痰。

那时天已经有点黑了，他们吃饱了饭，但阿健窘迫的样子嵌进背景，搞得两人都像逃荒者。阿健跟了赖先生五年，今年三十六岁。阿久本该毕恭毕敬叫他一声健哥，无奈，阿健自己都没意识到要端端架子。

蹲了有一个小时，双脚发麻，闻着墙根处的尿骚味，他们恼得直骂。相比之下，路口处，那个由远及近的高大人影反而是种解救，虽然脚步声听起来很沉重，感觉他十分能打。

有几年没见，不过阿久确定那人是阿五，认错了也没事，管他是谁，能要到钱就够了。

阿五拖着大一码的皮鞋从他们身边路过，待他又走出几米，阿久便从台阶上跳下，躲在他身后，阿健则蹿到他前面去，挡住他逃跑的路。

阿久拍了拍他的肩："下班了？"

听到声音，他吓得猛退几步，之后转身，抻着头盯着阿久的脸看，一张马脸凑得特别近，脖子伸得像新疆舞的某个动作。这动作让阿久一阵恶心，阿久用手抵住他的前额往后一送，他终于认出了阿久好像是他的某个校友，马上松了口气，甩着手使劲拍着胸脯。

"别那么多废话，拿点钱来！"他们连打带踹把阿五逼进胡同最里面的角落，翻了翻他的口袋，凑出了不到一千块。"小久，小久，你以前不是校委会的队长吗？怎么来找我要钱！"

"谁认识你？你脑子有病？"

阿久把钱塞给阿健，转身朝阿五的脸上猛踩一脚，要他闭嘴。这傻子的声音很憨，挨打之后还是"小久小久"地叫着，阿久突然怒起杀意，提着他的领子用膝盖问候他的呆脑壳，三下后，他瘫在墙边不再乱叫。

终于抽到一口烟，他们换了个地方继续蹲着，这一笔敲了一千块，对新人来说不算差。

"刚刚那个，是个真傻子啊？"

"当真傻，疯言疯语，听他乱叫。"

"阿久，你为啥干这行？"阿健又点起一根，蹲累了就坐在地上。

"同你一样。"

"同我一样？看你的狠劲儿，你也是捅了人出来无家可归啊？"

"差不多，喏，图个吃喝，来钱也快，懒得去搞费脑子的事，不被条子抓就能享福，被抓了就进去享福。"

进这一行的，大多都是命不好的。

阿健告诉阿久，他老妈生他的那天晚上，他老爹还在外面玩野女人，直到接了医院的电话要分娩费，他老爹才从女人怀里起身。阿健说，他老爹长得像日本男人，中分短发宽下巴，拿着一张假的警官证，在医院附近逛一小时，就能勒索出住院费。

母亲虽然没跟阿健提过关于他亲生父亲的事，但阿健猜这个假警官应该就是自己的生父了。因为阿健某些地方很像"遗传"了他，比如说骗人的天赋，几乎不会被人识破。再有，就是不愿干正事，歪门邪道的钱烧着可是真舒坦。

阿健老爹偶尔会教育他，说："掺了墨汁的白水，是怎么都染不回来了。"想以此劝阿健不要走他的老路，可阿健知道有些习性是基因决定的，鸡崽又养不成凤凰。他假装听进耳朵，实则打量他身上又多了哪些名贵挂件，不知道为什么，阿健小时候有一个梦想，就是能当着他老爹的面用美金点烟。

不过，阿健至今也还在用打火机点烟。

临走前，阿健从烟盒里抽了两支烟挂在阿久耳朵上，剩下的都装进自己口袋。招招手，他就走了。

这时，阿久突然想起阿五，他只记得他长了张马脸，不过阿五的记忆力倒是真的不错。

02

May从来没否认过是她先追的阿久，只是May对他一见钟情的地方有些不浪漫，一个藏在小街深处的成人保健用品店。

开店的人是May的外婆，那天傍晚May去给她送热茶，顺便去取她需要换新镜框的眼镜。外婆的店虽小，生意却不错，只有一个七十几岁的老太太守着店，那些在别处抛不开面子的年轻人都愿意来这里买些东西，也许都把外婆当成家长了。May在的那天，店里走进来三个人，是三个染着头发、嚼着口香糖的青年男子，他们相互勾着肩，看见某样东西后就会大笑着指给另外的人看，十几平方米的小店显得极拥挤。

May最烦的不是他们的吵闹，而是其中两个人特别无礼，找好东西后只是冲外婆喊了句："这玩意儿就抵这个月的保护费了，老奶奶，我们算是给你打了一折了！可要记得报恩。"

说话的人先行出门，躲在门外的树下拿出一些卡片，在上面笑着找些什么。另外一个黄毛手里也拿了东西，紧跟了出去，待他们出去后，最后一个男人站在May的柜台前，把玩在手里的盒子朝May一丢："这个不要了，把刚才两样东西的钱结一下。"

May看了这个男人一眼，发色不像刚才那两个那样怪异，性格好像也沉默、善良得多。

"阿久，拿了快走人了！磨磨蹭蹭是对女人没欲望啦？"

"等一下哟，老太婆的便宜你们也要占，饥不择食啊野狗们，嘿嘿嘿。"

谁能想到，本来面无表情在掏钱的他，转头说出口的语气竟然带着和他们一样怪异的嘲弄，再次把头扭回这边时，他又恢复了刚才的面无表情，甚至还有些严肃。

夜深了。

May在眼镜店打烊之前，取了外婆的眼镜，当她回到成人用品店的时候，那个被称作阿久的男人看起来已经在这里等了有一些时候。

不知道为什么，她竟隐隐有些期待他在等的人就是自己。

而他，当然是在等她！

"今天冒犯了，他们是做设计的两位前辈，不这么跟他们在同一频率，很难混到人脉。实在是不好意思。"

这是他第一次和她单独对话。

03

是May告白的，阿久拒绝了很多次，最后一次他才敢于面对自己的内心。他跟May说自己是干室内设计的，工作时间有弹性，主要客群是富商或政界人士，而且多是他们用灰色收入购置的房产，所以工作内容和坐标一概保密。May这女人几次想查，都被阿久压了回去。

马来西亚没有冬天，夏日的暖意一旦贯穿了四季，就变成了燥热，所以需要霓虹和酒。晚八点一过，吉隆坡就像换了脸一样。阿久一帮人站在酒店门口，保安看到后，把帽子压了压，遮住三分之二的脸，斜眼看着他们。

大堂的冷气开得很足，这样的温度才比较适合他们一身挺括的西装。面前的，是一群一样身穿正装的男男女女，两拨人其实都在故作样子，至少在外人的眼中他们就是那一撮令人羡慕的成功人士。

黑帮的目的不在打架杀人，这些节外生枝的事阿久他们能避免就避免，就连竖起江湖地位也只算其次，最重要的，还是为了钱。但做在面儿上的事，得看起来"光明正大"，所以赖头门做得最多的，是垄断生意，比如承包开发商造楼盘要用的建材，或者民间放贷。承包工程这种事，门外人听起来很正规，但每一笔，其间都少不了脏水和几条人命。

会议厅。

赖姐从服务生手中拿过一杯酒，冲对方老板示意了一下，他也拿起酒杯回敬。为了谈这个大项目，赖姐这回亲自出马，她坐进谈判室，轻轻地抿了一口手中的酒。

项目还没谈就成了一半。

赖头门对外界大佬的威胁算是最礼貌的，这一抿酒，就算是打了个热情的招呼，比起谈判都不出席，直接拿枪口敲人脑袋的那几趟，今天，她已经是给足了面子了。

果然，没几分钟就散会了。

送走了赖姐，阿久进赌场上了趟厕所。外面太热，汗流得多，体内水分不足，一丁点尿意都没有，一进有冷气的地方就容易泄洪。三两分钟解决后，阿久又待在里面抽了一支烟。

袅袅青烟上浮，慢慢消散，但阿久脸上的忧虑，没有消散。

"滚出去！"

隔壁传来了一个他熟悉的女人的声音，随后传来的是几个男人的叫骂声。身后的抽水马桶停了，阿久清楚地听到那个女人越喊越凶："滚出去！女厕所你们也好意思进来？！"

掐了烟，阿久推开厕所门。

一脚踹开女厕所大门，几个黑西装正围着一个女人。

黑西装被阿久的闯入吓了一跳，整齐地转过身来。女人则一秒恢复常态，理了理头发，似乎根本不觉得这些人会对她怎么样："钱我已经还过了，你们要懂得好自为之。"

"讨钱都讨进女厕来了？你们虎爷知道自己的小弟这么下三烂吗？"这几个人阿久见过。

女人抬头看了看阿久，神情里没有一丝慌张。毕竟是赖先生的女人，多大的场面都见过。

"哥们儿，有些事还是不要掺和的好，我们可没说不收这个婊子的利息。"男人的眼皮向上抬起，抬头纹密密麻麻。

"这种女人已经没有卖命的必要了，站好你的队就行了。"

这一行就是这样，赖先生在世的时候，她就算去吉隆坡警局，警长都要出门迎接，恭敬叫一声"青姐"，现在赖先生去世了，就连这种瘪三都敢找她麻烦了。

带头的男人说这话时用手点着阿久的肩膀，每点一下，身后的小弟就会离阿久近一步。

"好。"阿久回答。

阿久转身握住了门把手，黑西装们也很讲道义，转过身去不再找他的麻烦。

果然只有带头的长了脑袋，察觉到阿久的古怪，他突然转身朝阿久看来。

已经晚了。

阿久揪住他头顶的一束杂毛朝洗手池里撞，女人的脸上没有任何慌张，甚至有一丝笑意。剩下的两个黑西装第一反应就是跑路，然而阿久已经把门反锁了。

朝着他们下巴的位置，一脚一个，下巴那里是个钩子，那块骨头踢坏了就很难再接回来。在右耳的后方，阿久听到有人在扑打水面，来不及完全转身，就听到了手肘处衣服被划破的声音，本能地以脚自卫，偷袭阿久的男人就又撞上水池边的瓷砖。他龇牙咧嘴招呼着剩下的两个人跟他逃走，从这点来看，他还是比较讲义气的。

手臂出血了，这很难向May交代。

阿久转头看向这场好戏的女主角，她向后拢了拢头发，扶着石台平复心情，开始掏出纸巾对着镜子擦脸。

"你暗恋我所以追我到这儿？"平日里化浓妆的女人一旦露出素颜，就容易让人觉得她很沧桑。

"别再赌了。"

女人低着头没有说话。

阿久洗过手之后，青姐才开口：

"你是怎么认出我的？"

"你喊的那句'滚出去'，以前你跟赖先生在一起时你冲我喊过。"

她笑了，她笑得很灿烂，灿烂得有些不合时宜。

"走！陪我喝酒去。"

说完就朝门外走去，阿久不想拒绝，所以快步跟上了，但他今晚不想多喝，因为在回家前还要将胳膊上的伤给藏好，不然May又会起疑，这次用施工事故的理由应该无法再次搪塞过去。

04

是不是任何一段感情都会出现厌倦期，熬得过的，会在某天突然醒悟，重新擦亮对方的优点；熬不过的，就像每年熬不过冬季的大批死去的动物，尸骨静静堆砌在山谷的一角，看不出它们生前好看的皮囊。

阿久开始冷落May了，一开始May以为原因在自己，女人和男人在一起久了会不知不觉依赖他更多，这样给他的压力就更大，May尽力在克制，但感情的裂缝一旦有了苗头，明知越挣扎裂口越大，却还是忍不住撬开看看究竟。那天阿久下班回家，脸上的神态比往常都要累，作为他的女人，May肯定要多去疏导、鼓励，然而在May蹦到他身边抱住他时，May感受到他浑身肌肉绷紧，并没有回应的意思。他假意地嘲笑着May的指甲，并借机把May的手从他胳膊上挪开，保持着陌生人的距离。

May还是不识趣，缠着他要个拥抱，他没有施舍。

May想，自己什么时候形容爱情，都要用到"施舍"这个词了。

这是阿久第一次把衣服整齐地叠好了放着，然后一头钻进浴室。听到花洒的声音后，May稍稍起身把他的衣服搬来床上，里外翻了一遍。平时他回到家后都会把衣服乱丢，外套压着May的裙子，衬衫团成一团，今天的反常让May不得不去冒险检查，然而一无所获，除了那部他从不让任何人多碰的手机。

由不得考虑，花洒的声音还在继续，May发誓只是随便玩玩，之后点进了他的屏幕。

　　小偷们第一次偷窃时的感觉应该是如此吧，明明浴室的门没有一点打开的意思，May却要隔几秒就抬头确认一次。连翻很多记录，他的表现都异常良好，无非就是平日里的工作邮件来往和一些短信广告。就在May要把东西移回原位时，手里却振动一下，是一串手机号码，没有备注，内容是："不过呢，还好今晚你来了，说实在的我还是会怕。"她打开对话框，发现这条短信没有前后的聊天记录，孤零零的一条待在收件箱里。May立刻警觉起来——他把和这个号码之前的聊天记录都删除了，所以那个号码才会以"不过……"开头。当May笃定他们之间有什么猫腻时，那种兴奋与难过交缠在一起的感觉会让人精神分裂。男人永远不该怪一个女人多疑，要怪就怪自己把坏心思藏得不够隐秘。他以为自己藏得很好，不存姓名，删了记录就会万无一失，然而腥味早已蔓延。May不知道他是什么时候从浴室出来的，脑袋里只有那句"不过呢，还好今晚你来了"。她再也听不到外界的任何声音，说出这句话的女人会是什么样的声音？性感？或者可爱？阿久换好了睡衣站在May面前，May早就把手机放回了原位。

　　一个偷腥的男人，嗅觉是敏锐的。

　　"不要随便动我的手机。"他的表情严肃且认真，如果不是亲眼发现了他的奸情，他这种语气会让May以为是自己做错了什么。

　　如果即将发生的争执里夹带了太多失望，那这场争执是没有声音的。May没有脱口而出一句情绪激烈的话，连她自己都很意外。她拿起他的手机，解锁，亮着的屏幕上是保证自己不是无理取闹的证据。

"解释一下。"

"解释什么？"

阿久捡起手机，短信赫然呈现，May一直盯着他的脸，从他的表情里，May读出了懊悔，不是出轨后的跪地认错，他只是单纯地后悔把手机放在了May能找到的地方。

"解释一下这人是个男的。"

"这只是我一个普通的朋友。"他语气倒是坚定，手指却动得很快，那个姿势是在销毁证据。

"你不是为人很正派吗？一个朋友你删什么聊天记录？你们聊的是卧底谋反，还是商业架空？"

"你不要乱怀疑，我说了，只是朋友，其他的，该告诉你的时候我会告诉你。"

阿久冷静的样子让May不想再争论下去，曾以为秉性相同、抱负相同，他们曾互为对方生命中缺失的那块拼图，慢慢地，一点一点地都不存在了。

阿久很自觉，收拾自己的东西去了客厅。十分钟后又回来了，May背过身假装睡着，不想跟他再有任何交流。本以为他遗漏了什么东西，但他只是在床边站了一会儿，帮她把掉落的被角仔细掖好。

当一个人走投无路时，他会祈祷让时间摆平一切。阿久想，到那时，他一定要把所有的故事都讲给她听。从出生到念书，从毕业到工作，从工作到现在，不管她相不相信。阿久知道这一天一定会来，但他也知道，在这天来临之前，自己唯一能做的也只能是等它来。

05

次日，维修手机的小店。

May："有没有可能复制一张手机卡，就是电话号码是一样的，可以打电话收信息，但是被复制的那张卡也还是可以用的。"

老板："那就是一号双卡的意思？"

May："也不是，就是我要拿原来的主卡发信息，但是副卡能不能不知道？"

老板："我听不懂，你就说你要干什么吧！"

May："我怀疑我男朋友有外遇，我想复制他的号码，然后换掉他的手机卡，用他的号码和那个女人对质清楚，但是我又不想让他发现。"

老板："那你随便买一个号码换进去不就可以了？第二天再换回来。"

May："那他会发现的吧？"

老板："你把放进他手机的号码设置成匿名号码不就好了？这样如果他那天有打电话，别人最多觉得他设置了匿名，也不会觉得太奇怪。"

一个女人的好奇心，有时候会成为一股很强的动力，支撑着她去做一些理智无法理解的事。

阿久手机里的那句"还好今晚你来了"，May当然是不会那么容易忘记的。

06

昏暗的灯光，暴戾的楼道，以及弥漫在空气中的脚步的聒噪。

阿久走进公司地下一层的长廊，好奇有什么重要会议非要放在这种地方开。阿健从里屋出来向阿久招手，看样子只差他一人。

阿久边嘴上骂着他催命鬼，边加快脚步走了进去，本就昏暗的房间因为人群的密集更不透光了。按资历，阿久理应站在前排，兄弟们识相地给他让了条路，这一让，他看见赖姐、豆哥，以及几位元老正围坐在卡座前，出奇的是，青姐居然也与他们同桌。

赖姐把枪玩得性起，枪在她的手掌上转了又转。她是个很情绪化的女人，这一点跟赖先生不是太像，上一秒她玩着枪还在笑，下一秒就能握住枪头。

青姐也在，这很不正常。

阿久就座，一个被打得面目全非的男人被押了上来，定睛一看才知道是小黑，公司里负责夜总会的总经理。

青姐看到小黑的瞬间，脸上的从容消散，只剩慌张。

这是阿久第一次看到她慌张。

赖姐没有看青姐一眼，反而环顾了在座的各位。

"他们两个，偷公司的钱。"

没有人作声，青姐的呼吸更加紊乱，阿久和她距离不近，可不知道为什么，阿久好像能清楚地听到她的喘息。

"阿健，你说要怎么处理她？"

阿健犹豫了一下，用余光看了阿久一眼，二话不说，掏枪，上步，上膛，指着青姐的头。

赖姐轻微地点了点头，大概是表示欣慰，她扭头对一众说："三个人，只要有三个人愿意替她求情，就不杀她。"

这句话落。

青姐的眼神就一直盯着阿久，眼神好像有求助，也有诀别。

赖姐转头问豆哥："豆哥，你说？"

"赖先生卧床时她好歹也给赖先生擦过身子，念她一点好处，放了吧。"

豆哥的辈分很高，赖先生还在世时，豆哥就在他身边给他挡子弹，从辈分上来讲算得上是赖姐的叔父了，一般豆哥的建议，赖姐会听。

赖姐没有反应。

"老杨？"

青姐的眼神一直停留在阿久身上。

老杨的声音很沉：

"不能放。"

"但也不能杀！自己人杀自己人终究是下策，就算是赖先生……"

"嘣——"

枪声灌耳，所有人短暂耳鸣。

"咚——"

青姐的脑袋与地板碰撞的声音。

沉闷。

红色四溢。

赖姐看着青姐的尸体：

"从我国中开始你就勾引我爸，你把我当什么？"

倒在地上的这个女人三十出头，阿久与她一共只见过三次面，有两次她都狼狈得不像话，出来混总是要还的，这句话真的是黑帮的宿命吗？

是不是总有一天，赖姐这一发子弹会拐个弯，打进她自己的身体？

胸闷，目眩，阿久强撑着难受和赖姐一起离开了那个地方，那个刚刚响起过枪声的地方。

送走赖姐后，阿久回到自己的车子里，刚刚启动引擎，突然觉得胃里一阵蠕动，阿久即刻打开门，下车大吐。

藏尸袋应该是黑色的，但他不敢想象他们会怎么处理青姐的尸体。

这一次比他任何一次喝醉，都要吐得更凶。

不知道开车开了多久，他抽掉了一包万宝路，喝了两瓶矿泉水，阿久忽然看到路边有一家珠宝店，他在珠宝店前停了下来，不想做的事太多，这是他唯一想做的。

他朝钻戒的柜台走去，反手敲着玻璃要柜员把展示柜里最亮的那颗钻石拿出来。柜员很温和，还吩咐了旁边的人给阿久备了把椅子。

"先生您好，请问您买戒指的用意是什么？"

"求婚。"

阿久很随意地把银行卡甩在柜台边，那是他攒了很久的钱。

07

深夜，家里。

虽然阿久和May两个人都在家，但依然让人觉得死气沉沉。

阿久的神态看起来苍老了很多，他慢慢走向May。因为他突然觉得，他等不到时间主动给他机会了。

May冷静地给他倒了杯水，他用左手接住，右手则伸向裤子的口袋，将那杯水和一个四方盒子同时放在桌子上。

"嫁给我吧！"

"为什么？"

这和May心中幻想过千次的求婚很不一样，也和她所期待的心境很不一样。

他的眼神真挚而固执，本想说些什么，但最后还是选择了沉默。

她也沉默。

桌子上的水要冷了，他仰起头喝了一大口，那些想脱口而出的话，又被冲了回去。

May不介意他忙，不介意他偶尔冷落，不介意他每次醉酒回家把家里弄脏，她介意的是，他把自己心里弄脏了。

深夜。

趁着阿久睡着，May拿出了他的手机卡，将通信录拷进另一张新卡里，最后把新卡装了进去，这是手机店的老板教她的，这样做，他不会过早发现异常。

既然他不想说，那她就自己去查。

她想，一天的时间足矣，明天这时，自己再偷偷把手机卡换回来就好。

May是看着他坐车离开的，当问他去做什么时，他说出去处理点事情。

处理事情已经成了他们之间的行话，她从来都不知道阿久每天去干吗，这样的回答，其实根本没有任何信息。

桌子上的手机装了他的卡，他走没多久，May就用他的号码打开Line（马来西亚流行的通信软件，类似微信）。

May通过青姐的号码找到了青姐的头像。

这女人确实好看，不过有些风尘，这是May看到青姐头像的第一印象。

"在干吗？"

May伪造阿久的语气给青姐发出了一条信息。

青姐久久没有回复，当然，她是永远都不会回复了。不过May不知道她已经不在人世了，所以等得有点焦急，May甚至怀疑是不是他们俩之间有什么暗号。等待中，她点开青姐的生活时刻（类似微信的朋友圈），上一条动态是昨晚饭点发的，照片里是一张青姐和一只秋田犬的合影，再往前翻也都是一些自拍，有一些是旅游的，有很大一部分是和她的秋田犬，她应该很爱狗。

May往下拉了很久的生活时刻，都没看到任何May想看到的端倪，于是她退出生活时刻，又给青姐发了一条："等你看到信息的时候回复我哦，有事。"

May发完信息后，她特地把手机提示音开到最大，之后便开始打扫卫生。

她洗过衣服之后，把房间的地擦干净。手机还是没有响。

她把衣服挂起来，正在擦大厅的家具的时候，手机提示音终于响了。

她立刻放下手上所有的事，拿起手机，但发来消息的当然不是青姐，而是一条匿名号码发来的短信，内容只有四个字：

"马上离开！"

08

阿久并不知道手机卡被换的事，上午十点，他准时与阿健见面陪赖姐赴约。有集团邀请赖姐谈生意，他大概算了算时间，是该有这么一笔，但究竟是不是早前就说好的那个项目，阿久还不确定，因为没收到任何有关的消息。路程有些长，他想起，昨晚求婚失败的事，心里多少有些郁闷，不过也不能怪May，确实是自己的表现太差。

"健哥，你当时和嫂子求婚的时候……"阿久忍不住问道，"说的是什么台词啊？"

"这种事情跟台词有什么关系？当然是钻石要大颗，要够闪！女孩子嘛，最喜欢那种亮晶晶的东西了！"阿健看起来很老练。

"不是啊，我昨晚买的那颗很闪啊，但是……"阿久有点不好意思。

"不会是没成功吧？哈哈，你是我认识的第一个求婚失败的人！"阿健笑得前俯后仰。

车子终于抵达了目的地，是一个废弃的码头，赖姐已经带着一帮人，看起来好像等了很久的样子，豆哥和老杨也在人群里。

阿久和阿健下车。

阿健："所以你有没有突然把戒指拿到她面前？"

阿久："很突然吧。应该是很突然。"

"突然嘛，要分唐突的突然和惊喜的突然。嘿，赖姐。"阿健带着笑意跟赖姐打了声招呼。

"赖姐。"阿久随即也打了招呼。

赖姐没有看他们俩一眼。

"抓起来吧。"

身后一帮小弟一拥而上，把阿久压得跪在地上，阿健当然知道这可是要枪决他的姿势。

"什么意思？都给我滚开！"阿健厉声吼住按着阿久的小弟，资历深毕竟有威严，听到喝令声，几个小弟都往后缩了缩。

阿健尽量让自己的声音听起来平和："赖姐，是不是有什么误会？"

赖姐："误会？没有误会，他的本名叫刘旭东，是个警察！"

阿健："怎……怎么会呢？我跟他出生入死这么多年，他一直在尽心尽力帮公司做事啊。"

赖姐："那你自己问他！"

阿健愣了愣，走向被按着跪在地上的阿久："你说！你自己说！"

阿久不敢看阿健的眼睛，但在这种时刻坚定有力地说出谎话已经是一个人类的本能："我叫李久治，我不是警察，这些年我他妈的一直忠心耿耿帮公司做事！"

阿健："兄弟，我就问你一句，你有没有骗我？"

阿久："兄弟！我没骗你！"

阿健："好，哥替你做主！"

阿健是真的信了，这就是男人之间的兄弟情，一句话，便可将性命托付。

阿健转向赖姐赔笑道："赖姐，他是我兄弟，他说他不是，我也相信他不是，是不是有人挑拨离间想要我们内讧？"

老谋深算的豆哥终于发话了："我在警局里有兄弟，十八岁一起杀鸡拜过把子的兄弟，他说他是警察，我相信。"

阿健听到这话，涨红了脸："是你这个老家伙搞的鬼吧？你有本事就拿出证据。"

老杨嘿嘿一笑："是不是西装穿久了，你都忘了你是个黑社会了？我们讲的是忠义！我们在警局里的老朋友，是不会说谎的。"

阿健看向赖姐，赖姐没有看他，也没有说话。

阿健点了点头："你们讲忠义，我们就没有忠义了吗？"

豆哥、老杨没有回话，赖姐还是没说话。

阿健轻声问道："是不是今天阿久是怎么都走不掉了？"

还是没有人说话。

阿健苦笑一声，右手一摸腰间，金属的亮光一闪，一把崭亮的手枪瞬间顶住了豆哥的太阳穴。

一看见阿健亮枪，一帮人马齐齐拔出了怀里的手枪，互相指住，人群中居然有接近三分之一的人，枪口是对向豆哥和老杨的，阿健平时为人豪爽，和兄弟们相处的时间又长，终归还是有人拥护。阿健瞪大了眼看着豆哥和老杨说："今天我的兄弟我是保定了，等你们拿得出证据再来找我。但要是拿不出证据，哪一天你突然吃饭噎死，可别怪我。"

豆哥嘴唇发白，但又故作镇静："小健啊，你不要意气用事，自己人跟自己人拔枪，总归是有伤和气，你从小就……"

"嘭！"

一颗子弹射进了阿久的胸膛！

这颗子弹不是从几个元老的枪口里射出的，也不是赖姐射的，而是其中一个小弟以为解决了阿久就能解决问题，一心想立功，所以开的枪，当然更有可能是那个小弟紧张到手抖，于是枪走火了，不过这已经不重要了，一根紧绷的弦，随着一声枪响，断了。

弦断了，盘子当然就散了。

"嘭！""嘭！""嘭！""嘭！""嘭！""嘭！"

枪声如鞭炮般响起，有的人是被吓到不小心开的枪，有的人是有目的地开枪，有的人只是觉得在这种没有遮掩物的乱战中，其他人死得越多，自己活下去的机会就越大，所以盲目地四处开枪，不过到最后，所有人，都变成了被射中之后不甘心，所以死命地扣动扳机。

十几把枪，上百发子弹，十五秒过去了，只剩三个人活着。

老杨运气好再加上装死，只被打掉了左耳，左肩中了一枪，肩膀血肉模糊，左臂是保不住了。

赖姐毕竟还是有人用命保护的，所以只是腿上中了一枪，腹部中了一枪。

赖姐向老杨求助，老杨没有帮她，只是捡起了一把还有子弹的枪，把子弹送进了她的脑袋里。

在确认了在场的人都死了之后，老杨甩着左臂，开车离去，但他不知道还有一个人活着，那就是阿久。

阿久因为被第一枪打倒，所以全程平躺在地上，实际上只中了一枪——贯穿肺部的一枪，每吸一口气，中枪的地方都会涌出血。

阿久不想死，但血随着每一次呼吸往外涌，他越来越困，他想伸手去探裤兜里的手机，想最后一次听May的声音，但是他血流得太多，手早就没有力气了。

09

May喜欢收拾房间，清晨的阳光透过窗户投射进房间，房间里随处可见各种小玩偶，空气中飘着女孩子房间特有的清香。

那张柔软的大床上，此时正躺着一个女孩，她的刘海被不专业的理发师剪得怪怪的，细嫩的眼皮上透出浅浅的血管，她的睫毛像她不懂事的爸爸一样长，几分钟前May摘掉了她嘴里的奶嘴，她的唇角翘翘的，想来一定是梦到了开心的事情，才没有被吵醒。阿久的书房一直空着，每次打扫到这里时，May都有将这个房间改成婴儿房的冲动。

阿久失踪的几周里，May总喜欢想一些事情，或是幻想他们的女儿此时躺在婴儿床里，或是未来一定要去巴厘岛旅行一次，那种关于未来的、暖暖的事情，让她觉得她暂且还撑得下去。

在书柜最上面的一层，May找到了一张阿久与他父母的合影。她的母亲戴着眼镜，握着一本书，父亲高大魁梧，正把胸前的一枚奖章贴在他的身上，中间的阿久用着最标准的姿势敬礼。

May在客厅的桌子上放好了早餐，一杯牛奶，一块三明治。再次路过餐桌时，她还像以前那样，径直走到餐桌旁，抬手向三明治袭击。

"啪"，一双筷子打在May的手背上，照片里那个敬礼的少年，现在坐在餐桌的右侧，他成熟了不少，甚至有些要发胖的趋势。

"去洗漱。"

May照做了，然而回来时看着右手边空荡荡的座位，她又一次把三明治撕成块状物，泡进牛奶里吃，那样比较好消化。

家里很久没有响起过敲门声了，May的第一反应竟然还是脱口而出：

"你为什么又忘记带钥匙？！"

反应过来后，觉得自己很失礼。她小跑去开门，门口站了两位警察。

"请问你是……May女士吗？"

其中一个看起来比较年轻的警察开口，他倒是挺英俊，May想，如果和他在一起了，自己会用多久来忘记阿久呢？

"是，有什么事吗？"

有些事情在May的心里早已盖棺论定，但当真相离自己如此之近，她还是接受不了，就算那是早已认定的事实。

"是这样的，前几天发生了一起黑社会群体斗殴事件，我们通过一个死者身上的信息找到你，希望你去确认一下死者的遗物，如果你认识死者的话就可以把死者的遗物取走。"

"好。"

这一路很久，很长；这一去，又要花很多时间来缓和。

两个警察带May来到证物间，她走上前，看着桌子上的东西，再也抑制不了情绪，她捂着嘴巴，眼泪再也止不住。

桌子上，两张写着May和他名字的机票，开了盖的戒指盒和一部染血的手机，戒指盒上压了张纸条，抽出来：

"亲爱的，嫁给我。"

他爱May，自始至终，他都只爱她一个。

最讽刺的是，总是人不在了，她才知道。

如果自己刁蛮任性的爱需要他用生命来证明，May想，她宁可把他拱手让人。但拱手让人又能怎样呢？她现在连将他让给别人的机会都没有了。

May恨自己，如果那时选择了相信他，如果不去换他的手机卡，如果他正常收到信息，他就不会遇害。

以前May不知道为什么一个人痛苦时喜欢靠着墙壁跌坐，现在她懂了。站立的时候，我们都悬着一颗心，只有在坐下的时候，才能勉强感觉那颗心能够落地。

10

"May，嫁给我。"

是那个听了几万遍都快要听腻的声音。

是那个想了几万遍终于又响起的声音。

May猛地回头，她看见那个她魂牵梦萦的照片里的少年穿着一身警服，一只手拄着拐杖，另一只手还打着石膏。

他一步，一步，一步，向自己走来。

"马来西亚皇家警察刘旭东，警号CU52994，在这里正式向May小姐求婚，请问你愿意嫁给我吗？"

Part 2

老 ● 千

生手怕熟手，熟手怕千手，千手怕失手，失手要剁手。

【上】

01

我姓郑，郑成功的郑，我随母亲姓。我父亲姓陈，在我刚出生的时候，他就坐牢了，几年后我母亲改嫁，嫁给了一个开杂货店的男人。

男人的杂货店叫鸿运便利店，而男人叫欧阳书华，也不知道为什么，母亲与欧阳书华给我起的名字叫：郑书华。

欧阳书华微胖，脸很红，我们之间话不多。

经常杂货店进货，他卸货搬货，就喊我："郑书华，帮忙。"

我就说："欧阳书华，我帮你搬货，你会给我钱吗？"

欧阳书华总是笑笑说："你帮我搬货，晚上我再变个戏法给你看。"

我记不清欧阳书华变了多少回戏法给我看了，他的戏法，其实就是扑克。每次，他变完扑克，我定会不依不饶，让他揭秘，他总是卖关子："魔术一旦揭秘，就不好玩了。"

当然，到最后，我学会了他的扑克魔术。母亲一向很温和，只是有时会跟欧阳书华说让他别教我扑克魔术。欧阳书华问为什么，母亲说扑克不好，可以赌博。可欧阳书华说想赌博，用一颗花生豆都可以赌博。

当时的我不明白一颗花生怎么能赌博，后来我却用一枚硬币跟人玩猜大小赢到了一辆摩托车的钱。国中之后我用欧阳书华教的魔术开始谋生，二十六岁时，我成了一名毫无名气的顶级扑克手。我能在二十秒之内将一副散牌洗成从A到K，从黑桃到方块，一张都不会出错，但是我不会有名。

因为一名老千，不能有名气，哪怕你再顶级。

扑克，无非洗牌、认牌、变牌，而扑克手就没有那么简单了。这是一个只有左手的男人告诉我的，他说他年轻的时候认牌比我更快，变牌比我更复杂，他以为自己可以凭一身本事赢遍天下，赢得一切，辉煌地走完一生，可是他失去了右手。我认识他的那一天，是在他的棋牌室，他的棋牌室和欧阳书华的杂货店一个名字，鸿运棋牌室。我很想问他认识不认识一个叫欧阳书华的人，可是我始终没这么做，因为我宁愿相信欧阳书华只是个会变小魔术的普通人。

这个左手男人叫老三，我那天在他的棋牌室赢了很多，年轻气盛的我一把都不输，我认为自己无懈可击，当然，我错了。后来，老三告诉我，一个老千，要知道什么时候该赢，什么时候该输。他说牌技只是老千中很小的一部分。他说魔术师的牌技老千都要会，而老千会的东西魔术师不会，真正的老千要做的就是隐藏自己，包括自己的情感。老千不该有情感，因为有情感你就会出错；出错了，你就很有可能不能再当老千。临走时，我问老三为什么要告诉我这些，他说："不告诉你这些，你这人就可惜了。"

澳门，有很大的赌场，也有很小的赌场，而我一直记着老三的话，因此，我不分大小，总是游走在大大小小的赌局中，在不该赢钱的时候永远不赢，给自己制造合理赢钱的机会。没有人注意过我，更没有人知道我赢的钱越来越多。很多年以后，我曾回家探望母亲与欧阳书华，我忍不住问欧阳书华认识不认识一个只有左手的男人，欧阳书华全然不知，从他的脸上我看不到谎言。如果，欧阳书华之前并不是个只会变魔术的普通人，那么，他那张没有谎言痕迹的脸代表着他曾经是一个顶级的老千，一个能绝对封存情感的职业千手。

如果真是这样，欧阳书华比我厉害，封锁情感的能力，我不如欧阳书华。

因为，离开老三的第二年，我认识了一个女人，一个叫阿紫的女人。

02

阿紫是个很美的女人，也是个相貌很普通的女人，她的五官分开看，无法用美形容，可是搭配在一起却有一种让男人无法抵抗的诱惑力，尤其是眼睛，大胆地透射着一种野性的魅力，足以让大多数男人冲动，我便是其中之一。

阿紫与我相识，不是在咖啡馆，不是在电影院，也不是在游乐场，所有男女能邂逅的地方都不是。

在牌局中，我认识了这个女人！

老千不能在牌局中夹杂情感，然而，由于阿紫的出现，我犯错了。

那天我拎着一个小皮箱，手指间夹着一枚金币，我的幸运币，行头也不错：黑色皮西装、西裤、老式的牛皮鞋。出门前，我还修了指甲，我对自己的手十分满意，我的手指修长而干燥，稳定而有力。手是老千的命脉，我把我的手训练得极其敏感，任何一张牌被做过记号以及手脚，都逃不过我的手，我这双长期用羊奶浸泡的手。

那天，我的手在牌上触到了阿紫留下的拙劣的记号，手上那种只有老千才拥有的触感与阿紫那野性的眼神配合在一起，不可思议地让我无法抗拒，阿紫笨拙的千术与诱惑的眼神让我变成了一个毫无感情经历的少年，让我回味起国中的暗恋情愫，汹涌而猛烈。

阿紫运气不好，牌桌上有五个老千，包括她，显然，阿紫是最差的一个，所以她有两个结果，一是输光所有的钱，二是出千被识破。

两种结果，我相信她都承受不了，所以，我决定帮她解围。

我让她赢钱，我让她知道是我搞的鬼，我还让所有人把注意力放在我身上，事情的结果是我与输了钱的人打斗，我将输钱的几个人打翻后，整了整衣服，用余光瞟了一眼阿紫，阿紫一直盯着我，我感觉她的眼神中除了感激以外还有一丝崇拜。我按捺着喜悦，一边装起筹码一边对她说："你可以走了，等他们反应过来，我不觉得你有能耐打赢。"我说完后，头也不回地离开。

我猜，阿紫一定会追上来！

夜深了，我走出赌场，越走越远，我便开始微微着急，阿紫怎么还没追上来，我有点想回头，可是那样就不酷了。正在我焦急时，身后银铃般的声音突然大喊："你刚刚那个牌怎么弄的？能不能教教我？"

我故意放慢脚步，停下，慢慢地转身，把小皮箱别在身后，平静地望着这个令我差点呼吸都困难的女人说："那就是还想跟我赌咯？赌注呢？"

阿紫用她那明亮的眼睛望着我："大不了就用这个当赌注！"

说完，她拍拍赢了钱的口袋。

我笑了笑说："可我身上没什么钱。"

阿紫做个鬼脸："我才不要你的钱，我赢了的话，你就要教我！"

我说："赢了再说。"

她睁大了眼睛，眼神明亮又带有野性。

从此，这个令我职业操守第一次犯错的女人，走入了我的生活。

【中】

01

　　我叫阿紫，我有时候也会对别人说我叫阿绿。我一直觉得稍艳一些的红色比较适合脸上的象牙白。我对着镜子把口红抿到均匀，再勾出唇峰，顺便用眼线把眼尾向上提。一切就绪后，我从书架上抽出一本笔记，翻了几页自己手写的"捞金须知"，在实战之前温习提醒。

　　合上笔记，我思考着是否要把身上的蓝色丝绒衬衫换成旗袍，再涂满纯红色指甲油，手指间随意夹支烟，无论什么牌子。笔记上我总结过，但凡第一印象，必须给人留下压迫感，高贵的装束更容易迷惑人。就像给一个身高一米九的傻子套上西装，配上胸针，他天生脸部肌肉组织不发达，表情不怒自威，别人见到他第一眼就不敢冒犯了。或许傻子的双腿早已在裤管里打战，但这都不重要。

夜幕初垂，为了不让白天的喧闹过早消失，城市里亮起了万盏灯光延续着白昼。霓虹闪烁，整个城市散发出强烈的荷尔蒙，压抑的白天换上了夜装之后变得放荡。

我喜欢夜生活，夜里不在家的人大都喜欢夜生活。

车停在酒店门口，时不时有人瞄着这辆车的前端。这辆宾利是我打到的，司机向后探头，笑容狡黠，两千米的车程要我付三百块，我巡视一圈窗外的看客，回头瞪着他发黄的牙齿，将三张钞票丢给他。

还没出手就先被人摆了一道，让我非常不爽。我撕开口香糖狠嚼几下，听到耳朵里软骨摩擦的声音，我收起了情绪。

我本该买巧克力的，还是要特定的某个牌子，在香港电影《赌神》里，周润发就是这样做的。我研究了这部电影，准确来说是研究赌术和巧克力的关系，我在笔记上写下结论：巧克力的作用就是伪装，装成云淡风轻的高手给对方形成强烈的压迫感，从而突破对方的内心。

赌，有时候不是赌钱，而是赌心。

后来我看了几部教学视频，又觉得这部电影的导演不专业，比起巧克力，道具更应该是口香糖，这样咀嚼的时候，面部肌肉波动更大，更利于掩饰惊慌。

我进入酒店的地下三层，这里是个稍加粉饰的小赌场，跟澳门金沙、新葡京一类的地方没得比，总体简约低调，看得出老板还算谨慎。赌场门前立着一只貔貅，走进后，一些人围着桌子在进行各式赌局。

　　每个人的脸上都暴露出贪婪、欲望、狂欢，不知道他们出去的时候还能不能保持这副模样。赌门里有的是"十赌九骗，赢下一赌是钓鱼"的把戏，不记得是从哪里看到这句话，但是我作为千手，只管赢钱和报名就是，唉，谁不是为了混口饭吃？

　　诈金花是我目前最熟悉的玩法，难度比梭哈低。包括我在内，圆桌上一共五个人，三男两女，男的一个体形富态，一个精瘦干练，最后一个因为有前两个的衬托，倒显得很帅气，他穿着白底衬衫，外面套着一件黑色外套，大家都在与其他人进行心理博弈，只有他玩着一枚金灿灿的硬币，头也不抬。除我之外的另一个女人化着浓妆，涂歪的口红让我感觉她技术不行，虽然我所有的千术都是自学的，并不高超，但这就是伪装的价值所在。

　　我们轮流坐庄，第一把庄是那个胖男人。我选择看牌，是同花，我心底一喜，但是脸上不动声色，默默跟注；一圈下来，只有三个人跟注，我、庄家，还有正对面那个玩硬币的男人，而他更是没看牌就跟了。胖男人很强势，第二轮翻倍加注，他的脸像肚皮一样挂着赘肉，在褶皱的间隙中不忘挤出阴笑，我犹豫了一下，决定放弃，胖男人的表情我解读不透，凭我的那点伎俩甚至应付不来，对面的男人也一样选择了放弃。

胖男人笑得赘肉上下翻动，一把搂过筹码："哈哈哈，哎哟，这样你们就怕了？"

开牌，只是梅花同花，一阵懊恼击中我，我可是红桃！

第二轮，浓妆女人坐庄。这一轮全部跟注，金币男人还是没有看牌。我好奇，不由得偷偷朝他看。从耳朵到下巴，他的轮廓一笔画下来，弯成恰好的弧形，金币在他修长的手指上有节奏地滚动，他似乎总跟我同步，也忽然抬头，我们的目光毫无阻碍地对上，只坚持了不到一秒我便败退了，我看到他眼里的潭水很深，湿润得像戴了黑色的隐形眼镜，暗暗对他提起警惕。

眼睛是一个千手的第三只手，它帮你判断，帮你掩饰，帮你说谎。但是，在他的眼里我什么都没看到。

的确，并不熟练的我有些紧张。

我在心里叫苦，因为这一轮跟的注已经很大，我无法确保手上的黑桃同花是否能坚持到最后，我决定出千！只要我把手上的黑桃5换成黑桃A，牌就是AKQ同花顺，赢面一下子就大了很多。可我扫视了一下另外四人，不知道是心虚还是怎么，此刻觉得每个人都能看透我，似乎只要我一出千就会被他们当场揭穿，我营造的人设也会全部崩塌。可我又不甘心，没捞到钱怎能轻易离去？

我故作镇定地用双手轻捂着自己的牌面，想发动袖口里的机关出千换牌，可越紧张，手上动作越迟钝，弹簧已经把牌弹到右手袖口上了，我却不敢把牌换上，此刻胖男人已经加注到这一局的上限，大家陆陆续续开牌，只剩下我自己。另外四个人正紧紧盯着我，这时我就算想放弃出千也来不及了，一旦我的手打开，袖口的牌会马上掉出来。

腰很痒，是汗水流进腰窝，我已然忘记接下来要做什么了。干吞了几次口水，喉咙的干燥让我更焦急。

别无他法，只能强行换牌了！

然而，我被人看穿了。

"哐哐哐……"一声金属碰撞地面的声音转移了所有人的注意力。顾不得考虑其他，我借机右袖口出牌，左袖口收牌，黑桃A完美替换黑桃5。

"不好意思，是我的硬币。"

坐在我对面的男人弯腰捡起自己的硬币，然后大方点头示意。

我舒了一口气，尽量放缓胸口的幅度，牌面打开，同花顺AKQ正好把胖男人的红桃KQJ压了一头，我赢了！令我意外的是，对面的男子竟然在上一轮的时候就已经放弃了跟牌，而我当时还在犹豫着是否换牌。

余光瞥到他在看我，嘴角带着些玩味的笑意，手里的硬币邀功似的在手指间滚动。我没有做出任何反应。

是不敢。

这里鱼龙混杂，我只能装傻。但，他刚刚是在帮我？他不会把我看透了吧？想到这里，赢钱的兴奋马上消散了。

这把输了大钱，胖男人的赌性被逼上头，他猛地一拍桌，把脸上一层层赘肉震荡开，提出玩Five Card Stud，也就是经常在香港电影里看到的梭哈。

他紧紧盯着我等待回复，怕我赢了钱就走。

"好啊，只要其他人没意见。"我点上一支女士香烟，随意吐出一口。

只有那个精瘦男人退出了，其他人都没问题。发牌，第一张底牌，大家都没有看，第二张牌，开始下注。每个人的加注都很缓慢，不温不火，第一局我跟到第三张牌就放弃了，他们都很小心，不愿意玩得太大，谨慎得不像一个赌徒，而我更不愿意冒险，索性不跟，一来可以迷惑一下对手，二来可以仔细观察一下对面的男人。

我确信他也是一名千手，而且技术非常高明。五张牌已经发完了，桌子上的筹码仍不是很多，对面的男子叫了一杯Margarita（玛格丽特鸡尾酒），悠闲地小口抿着，等待大家开牌，赢家果然是他。他直接略过那一小堆筹码，反而看着我说："嘿，玩梭哈胆子要大，如果你钱不够的话我可以借你。"

"我呸！废话少说！下一把！"没等我回答，胖男人抢先呵斥，任何与钱有关的字眼都能将他的火气点着。
"暂时还不用。"我看了看桌面上的筹码，"需要的时候再找你。"
他耸耸肩不再说话。

这一局的战况陡然激烈，加注的力度也不再松弛，有一个人刺激气氛，就能带动全桌人加注，赌场里，并不是赌博吃人，而是人吃人。

放肆、盲目、眼红，这就是赌性。

加注已经超过每人筹码的三分之二了，拿到第三张牌的时候，自诩心理素质强大也控制不住讶异：第三张牌是A，我牌面上已经是两个A了，而底牌也是A！还有两张牌，我很有可能是四个A，哪怕没有，我也会让它出现在我的牌里面！

我正想梭哈的时候，忽然听见"嗡嗡——"的声音，抬头，是枚硬币在桌子上打旋。

"想好了吗，美女，梭哈？其实止损也是赌术的一门学问。"

他无所谓地开口，不经意的一句话又惹恼了胖男人，又一次叫嚣着废话少说。

眼看手里有大好的牌面，但直觉告诉我：他是在给我暗示，他的目标不是我，而是另一个人。

姑且信他一次。

"哎，你们神仙打架何必牵扯到我呢？"我用一个得体的微笑体面退场，留下胖男人看不懂的眼神。

"你不但漂亮，而且聪明。"得到他的赞赏，我竟有些安心。

发完第五张，胖男人和他都已经把各自的筹码清空了。

胖男人喜上眉梢："我底牌是K，四个K，除非你开同花顺。"

"抱歉，我刚刚说过，懂得止损才是一名合格的赌客，明显你不是。"男人笑着打开底牌，果然是同花顺！

"不可能！刚刚……"胖男人显然没有预料到这种情况，欢腾的赘肉瞬间耷拉下来，表情的意外程度超越了输牌。

我忽然明白，发牌的时候胖男人做了手脚！原以为对方不可能拿到那张牌的，可惜，千手也是会输的，当你遇见更高明的老千时，这个时候最聪明的做法就是离场。

"刚刚的事就留在赌桌上吧，你可以离场了。"男人说完把加了蓝柑利口酒的Margarita一口喝完，看也不看对方。

胖男人明显不想就此作罢，招呼人群中的三个人把赢了他钱的通通围住。

我也在其中。

"这里是赢了钱不让走吗？"男人把硬币收起，没有起身的意思。

"你赢得蹊跷，怀疑你出老千，搜身！"

三个男人朝我们扑来，他飞速起身，挡在我身前，我吓到捂着耳朵闭起眼睛。他的具体招式我一概没看清，只记得耳边时不时响起陌生的、吃痛的闷哼声，大概一轮发牌的时间，那三个男人就像桌子上的筹码一样，散落在地上。

"你可以走了，等他们反应过来，我不觉得你有能耐打赢。"说完他拿起剩下的筹码向门外走去。

不知为何，也许是真的害怕如他所说——那几个男人醒来后会对付我。我绷着一根神经把到手的钱全部装好，竟鬼使神差地追了出去。

此时午夜一点，赌场外面的世界平静了下来，街道上只剩寥寥路过的车，每一盏车灯，都把他的背影拉得很长。

我追上他，冲他大喊："你刚刚那个牌怎么弄的？能不能教教我？"

转身，小皮箱晃动，脸上永远都是平静的表情。

"那就是还想跟我赌咯？赌注呢？"

"大不了就用这个当赌注！"

我冲他拍拍赢了钱的口袋，也料他最后肯定不会赢走我的钱。

"可我身上没什么钱。"

"我才不要你的钱，我赢了的话，你就要教我！"

"赢了再说。"

…………

02

和书华在一起之后，我才知道他不只是千手，或者说，他不只是在赌场行骗。他的聪明里带着分寸恰好的自信，也教了我很多自己无法触及的东西。比如，他教我如何在别人眼皮子底下换牌，教我如何激怒别人，教我如何看透人心，他从不自负，以至于每一次我都以为自己可以超越他。

可惜女人天生与计较为伍，喜欢你时，愿意为你做任何事，心甘情愿；然而在一起后，却不甘沦为一心付出的那一方，即使这件事她本该做，她也不想听到男方要求她去做。好比今日下午的安排是打扫阳台，下午茶后，她会换上家居服起身收拾，放上一首乡村民谣，说不定心情可以足够美妙。

但，如果此时男人向她开口："你去把阳台打扫一下。"这便会让她觉得，她是个任他利用的机器，甚至上升到"你是不是真的爱我？""如果你真的爱我，你怎么会忍心让我包揽这么多事？"之类的高度。

从林的办公室出来后，我收到了银行的进账提示，大概核对了一下小数点的位置，就丢回包里。

三年。
那串数字越来越长，小数点的位置越来越靠后，但日复一日的叠加，早已失去了惊喜。
和我的生活一样。

我看到书华停在不远处的车，我和他七天没见面了，不，是七天零十六小时。林的任务是他安排给我的，不得不说他脑袋很灵光，仅仅安排我准备七天，就能让三百万到手。

车窗降了又升，他没有半点为我开门的意思。

打开车门，一阵燥热，突然想起一年之前我们还为"买敞篷还是SUV"的事而大吵一架。

那时应该买敞篷的。

我随手点开冷气，他终于开口了：

"时间把握得不错，看来我到得刚好。"

他永远是那副姿态，以为自己能还原我对他初次见面的印象。

"是吗？或许这几天里我金盘洗手了呢？"我是在讽刺我们长时间的分离，七天，足以将结婚又离婚的流程走上三遍。

书华只是"哦"了一声。我心里更恼，索性闭口不再说话。

回去的路上车子很少，路显得更宽更长，过了大概五分钟，他的嗓音盖过了呼吸声：

"可以跟我讲一讲你和那位客户的细节吗？"

"好像你从没有跟我交代过你干了什么。"

"你也从来没问过我。"

这是个男女关系都免不了的阶段——争执。有些男女经历两三次争吵之后还能在一起；有些，一次就足以看清对方；还有一部分，连争吵都难能可贵。

事已到此，我不想再说话。我从来没有真正了解过他，他也从来没有对我坦露过内心，我们似乎走得越来越远。

他也不再说话，车里再次安静下来，我不想跟他闹得太僵，一周未见，今天能看见他，我心里隐隐有些期待。

"你记得今天是什么日子吗？"我很怕他有迟疑，又接着补充，"今天是我们的认识纪念日，你订了哪家餐厅啊？"

我坐在他的右边，清楚地看到他睫毛忽地抬起，喉结小幅滚动，他尽力将微耸的肩膀压下的那一瞬间，他应该非常后悔自己亲手教会我读懂那么多身体语言。

显然，他没有准备任何惊喜。

车窗外的树减了速，他拿起电话看了看。我把头瞥向窗外，几个小孩骑着车呼啸而过。

"喂，帮我订今晚的……"

"不用了，我很累，我现在只想洗澡睡觉。"

我快速切断他的通话。

纪念日90%的意义都在于"对方记得"，剩下的10%才是庆祝形式。

"阿紫，你别这样好吗？我很忙，你知道的。"

"嘿，是吗？可惜你忙的对象永远不是我。"

"我忙不还是为了你，为了我们？再说了，你忙起你的事情来不也是如此？"

他说的其实句句在理，可道理永远压不倒一个女人的情绪。

"为了我们？你安排我住进他附近的酒店，七天！你让我看着他的照片，听着他的录音入睡不会有丝毫别扭吗？这期间我没有收到过你的任何消息，哪怕是一个关心的电话。你是教过我很多，我的骗术相当出色，但你让我一个人去骗一个很有势力的大亨时，你有没有想过我会因此丧命！"

我不遗余力地反击，我的男人竟然要求我深入去了解另一个男人，要我朝着别人喜欢的样子改变！如果这种事不值得生气，我的心未免也太大了。

"阿紫，能不能理性点？在一起这么久了，真的每一天都需要我做点事情来证明我爱你吗？真的需要吗？！"

"你太不懂女人需要什么了？浪漫，你懂吗？有时候女人可能只要一束鲜花一个晚餐……或者下雨的时候，递来一把伞……算了，我不想跟你矫情。

"书华，离婚吧。"

我低着头，毫无目的地翻着包里的杂物，我感受到他很快平静下来，他对情绪的绝对掌控不像个正常人类，刚才的那一番涌动，算是对我额外的慷慨。我们什么时候连情绪都变得这么珍稀？

03

车开了很久，很久。

外面的气温都降了，冷气开始让我觉得有些冷。

任何一个女人此刻逃避不了的举动，那就是追忆往事——

是三年前的某一天吧，那时我们刚住在一起，他教我如何控制情绪，包括大哭、大笑、愤怒、恐惧，我使坏，把写了笑话的字条贴在家里的各处，每一张都画上抽象的小人，让他一抬头就能看到。

可任由我打乱家的气氛，他不生气也不笑，笑话在他眼里就是指严肃文学的片段，当时的我很想把他的脸印进扑克里去，因为这让我很有挫败感。

夜晚临睡前，他把家里所有的字条全部撕下来，用胶水粘在一起，做成书的模样随意丢给了我。

"今天你对你的前辈，也就是我的考验到此为止，辛苦你了，还收集这么多东西。"

不解风情的男人。

他可以不用风趣幽默，但如果每天都冷淡得像具皮囊，我就算是团火，也会有烧干的那天。我开始担心以后的生活，背过身，小声叹气：

"扑克脸。"

"现在是夜里二十三点，情绪考验结束了，没错吧？"

"是是是，对对对，没错，你赢了。"

我头也没回，随意敷衍。

"呼——终于结束了！"伸懒腰时，他的骨节发出舒服伸展的响声，"亲爱的，那从现在开始，如果我被你的笑话逗笑，不算犯规吧？"

我猛地转身，那时的我大概很像一只午睡时听到铃铛声的小猫。

他站在床边，穿着灰色睡袍，头发还没有完全擦干，凌乱起来比白天的严肃要亲和许多，他把自己送到我的身边给我当靠枕，捻起每一张字条，一一笑过。那时我们想过一百年之后，一千年之后，或者人类灭亡之后的场景，却从没想过，稍微走一走就走到的，三年之后。

一条短信，给溺水在记忆深海里的我送了一口氧。

"你给了鉴宝师五十万，而我给了一百万。而且，你原本的底牌是红桃5和梅花J。"

全身一热。

还没来得及辩解，手机屏幕又被唤醒。

"上条短信是发给职业老千阿绿小姐的，你大可忽略。而这条画展邀约，是发给我的女伴阿绿小姐的。一串项链而已，何况你也是任务缠身，我理解，这不妨碍我们能成为朋友。"

阿绿是我伪造身份的假名字，羞愧和久违的悸动糅合在一起，林究竟是个什么样的人？思考这个问题时，我没有察觉到身旁的人正同样疑惑地盯着我看。

"嘿，看来你今晚更愿意跟手机在一起。"

被他轻易看穿，心里的羞耻又多蒙了一层，我终于控制不住自己，砸向车窗的瞬间，车停了。

他解了车锁，把嘴角扬给我看：

"你有事情就先去吧，你提的那件事，回来再说。"

上的士的时候，我回复短信：可以，地点？

【下】

01

波尔多酒庄的历史大部分都超过百年，酿酒技术经过漫长的时间才和当地的气候、土壤，甚至是文化完全磨合。所以，大家同样是放在一个瓶子里，闻不到酒香，看不到酒色，但是Lafite这个名字就远比随便一种红酒要高贵。除了这些，酒经历的时间越长，也会越醇厚，越迷人。

我拿出两个高脚杯，手边一杯，对面一杯，等人才会够耐心，等的人越迟来，酒就越能得到氧化，时间刚好的时候味道更好。

就在她来的时候。
她似乎不愿与我多交流，可能是我夺她所爱了，不应该的，她卖我项链时，明明多加了一百万。

　　进入我的办公室后她就戴起手套，托起项链递给我的鉴宝师。在得到肯定的答复后，她并没有脱下手套的意思，就那样戴着与我碰杯。比起我给母亲挑的那些，她的那串项链其实平平无奇，我没有过多的兴趣二次欣赏，我吩咐助理将它收起。

　　倒是面前的女人，她介绍自己叫阿绿，说来也怪，从着装到谈吐，从长相到脾气，她就像根据我的口味量身定做的一般，让我很有结识的兴趣。

　　"阿绿小姐，钱其实从我见你时，就已经汇到你的账户，大可放心。"

　　我能感受到她的惊喜。果然对女人来说，这一招几乎永远不会失手。

　　"哦，是嘛，那……相信您太太一定会非常喜欢。"

　　"不，我还没有太太。"

　　"哦？那您是送给意中人？"

　　"送我母亲，她喜欢这些东西。不过她允许我直接送给她未来儿媳。"

　　我与她的对话流畅简洁，从进门到告辞，三百万的珠宝交易如同货架上的商品一样简单。

02

认识她，在三天前的一场拍卖会。

晃着高脚杯里的红酒，透过琥珀般透亮的红酒，看眼前酒席间的觥筹交错，别有一番趣味。酒席还没完全结束，淑女在细嚼慢咽，做生意的男人们在你来我往地敬酒，攀附关系的人虚伪、谄媚。若不是助理说今天拍卖会后有一个大型牌局，我宁愿坐五小时的飞机去开会。拍卖一如往常，对展出的字画、名表一类，我兴致缺缺。

只是不久后，一条项链的竞价者让我消磨这难耐的时间。

对一条项链感兴趣的，必定是个女人，只是这个女人比我平日里见到的要好看一些。

"这串项链非常适合拍下送给夫人或母亲，还有哪位要出价吗？"

听到他说项链适合送给母亲，我突然也想拿下它，当我举牌喊了一个让大家安静下来的价格时，我才知道这是条镶了三十六颗钻石的项链。

我苦笑，一度感觉自己的品位夸张。

拿下它有两个原因：一、引起一个女人的注意；二、如果不行，那就送给母亲收藏。

我的报价一百五十万，买下它绰绰有余。但主持人马上又报出一个数字，这个数字竟远远高于我。那个女人出价二百万。看来决心很大，她的脸上除了专注，没有别的表情，脖颈很细，蔓延到锁骨，然后她朝我看来，回敬我一个笑容。

我没再加价，一是，项链不值现在虚高的价格，关于这一点，我信得过自己的眼光；二是，如果女人再度超过我，就会多花不少钱，何必？

我以为与她只是一面之缘，没想到会后，拍下项链的女人竟然出现在赌桌上，与竞价时的气质完全不同。

他们在玩梭哈。我没有上场，而是旁观，赌局的开始看不出实力，那些匆匆忙忙坐下的人都是一般赌徒，这种人，他们的动作、眼神，或者下注的语气都足以让人判断出他们的底牌。几轮淘汰筛选后，能留在上面或者是还敢入场的才基本够格。

她边开牌，边留意到了我，眼神难免碰撞，这一撞，我就被她死盯住了。她大概怪我抬高她的竞价，害她白白多花五十万。

"这位先生，您好，您刚才也对那条项链有兴趣吗？那，不如我们重新赌一把？"

桌上已经退场了三个人，她指了个位置请我坐下，就在她的对面。

"赌什么？"

"如果我输了，我把这条项链送你。"

围观的人一阵唏嘘，在面子上我不能接受这种无理的要求。

"先生不要急着拒绝，这只是一种可能而已。我输了可以送给您，但如果我赢了，您只能用我开出的价格将它买走，而且，一定要买走。"

刁蛮、无理，但很合我的口味。

"后者的条件倒是很符合你的气质，可以，我答应。"

"您可以叫我阿绿。"

女人点头示意，赌局开始。

我们定的玩法很简单，每人三张牌赌大小，三局两胜。三张牌很快就决出了胜负，是她赢了。输赢我随意，我没料到的是，她的手气好得相当令人意外。她揭开底牌，两张A，一举定胜负。我在她眼里应该很像捆绑起来待宰的羔羊，一点反抗也不做。她开价三百万，要我还掉我哄抬的那部分价格，然后带着装项链的盒子向我走近，与我约好时间地点。

她的笑容很浅，那一刻我大概可以容忍她漫天要价。

我知道她在要什么把戏，这样的行为我很熟悉，当年的母亲大概也是如此，母亲善良多了，一次只不过会骗一个月的餐食费。阿绿的心思，十有八九我可以猜到，只是我唯一没猜出真假的，是阿绿这个名字。

当我对她坦白一些事实后，她给我的感觉便随和许多，也真实许多，像一个做错事的妹妹，不愿意受罚，也不愿意收起性子向宠爱她的大哥哀求。她主动坐在我的对面，这次举杯，她没有戴手套，那么上次一定是不想留下指纹。

"你明知道我骗你，那为什么不拆穿我？"她摩挲着酒杯，不敢抬头。

"因为你很像我母亲。"

03

我确定她很像我的母亲，虽然长相并不能比较，不过行骗的样子和受责备的样子极其相似。她的表情有些尴尬，也许是认为我的聊天方式很烂。

"你刚才说的画展就在这里办？"

"对，这个会所是我用来收藏东西的，有时候会有朋友借用办画展。"

"这样，那这里有多少幅画？其实我不懂这些。"

她说得很随意，既不想闲聊也不想深入。这种女人很难琢磨，行骗时倒是很果断。

"我也记不清楚了，不过我还有一些珠宝。"

她的确是真的喜欢珠宝，在提起"珠宝"二字的瞬间，我分明看见她眼睛亮了一下。

"我也有很多啊！下次我邀请你去看我的珠宝。"

"你一个小骗子，珠宝有很多？难道你每次拍下的珠宝都用作自己收藏，然后把赝品拿去高价卖掉？"

"嗯……也不全是啦。"

"我的那些应该比你的要多，感兴趣可以跟我来。"

我在会所有一个存放珠宝的私人藏品室，房间不大，我很少来，更很少带别人来。

"哇！你一个年近，嗯……年近四十岁的男人，收藏那么多珠宝，有意思吗？"

"男人买珠宝当然是为了女人，这些是买给我母亲的。"

"伯母真幸福呢！要不你跟她商量一下，转让一些给我？珠宝需要人气才能展示它的真正价值，伯母把珠宝放在这里太可惜了。"

"她已经去世了，一个也没戴过。"

十四岁，我记得很清楚，母亲在去世前不久还为我点了十四支生日蜡烛。那些年我们在越南生活，她因为出千行骗，被赌场的马仔丢进海里。当时她不过三十七岁，记忆里她喜欢把头发盘在一起，穿我宽大的校服T恤，打扮得模样很素，却很喜欢珠宝，那个在黑暗中点起蜡烛缝衣服的女人，如果戴上这些首饰，一定很美。

"那……你为什么还给她买那么多珠宝？"

我的余光感受到阿绿正看着我，她似乎不敢大声说话，气氛在这困室里变得沉重了许多。我很少带人来这里，也很少对人讲起母亲。可以开口的节点太多了，无从讲起。

　　我从角落的柜子里拿出一瓶红酒和两个酒杯，按礼仪倒上，自顾说了下去：

　　"我俩每次路过珠宝店时，她都趴在橱窗边上看，光是被店员呵斥就有过三次，我到现在都记得，那个女店员穿着条灰褐色的围裙。后来她照顾我的颜面，就没再去看过，自己用塑料或玻璃块穿在一起，每天戴着。我说过要把世界上最漂亮的珠宝送给她……

　　"听说珠宝能给人带来福气，不知不觉就囤了那么多。

　　"阿绿，我母亲的命运是不是听起来跟我毫无交集可言？也是，连我都来不及记住她，仔细冥想三天就回忆完了。其实我父亲也是。我甚至不知道他是中国人还是越南人。"

　　我把空杯倒满，如同喝啤酒一般。

　　"生活不是只有你一个人在悲伤，其实每个人的背后都布满命运抓出的血痕。你在记忆里留住了母亲最美的样子，而我呢，经过我手的珠宝无数，但还是没等到我想要的那颗钻石。"

　　我没想到我们会变成相互倾吐的对象，此刻心里充满慰藉。

　　"看看这几幅画吧，喜欢哪一幅？"

　　抛却珠宝困室的悲伤记忆，我带阿绿逐渐步入正题。

　　世人觉得这三幅画描述的是战争的残酷，很大程度是因为前两幅悲惨的画面，至于第三幅画的少女，却被世人误解为和平的象征，但是我更倾向的是年老的画家在缅怀年少的爱情。

"第三幅吧，前两幅的画面我不太喜欢。"

"这三幅画本来讲述的主题是和平，但是作者临死之前把它们的名字改为《相信爱》。大家都不明白，觉得是作者年老了，神志不清，但是我相信，这是作者的本意。或许他临死的时候想起了他年轻时辜负的少女，或许他想起了遗憾终身的那个擦肩。"

04

我拿出打火机，把前两幅画卷在一起，点燃，火光后，它们就变成一撮黑灰色。

"如果每幅画值一千万，那剩下的这幅就是孤品了，能值一个亿，送你。"

我不知道她在等的钻石是什么，但我要证明，这就是我能给她的价值。

外面的夜已经很深了，阿绿抬头看看时间，眼睛里说着要走。

"我送你吧。"

"不，不用了。我可以自己回去。"

我们和孤寂的街道一起沉默，我愿意享受这份沉默，可街道先打破了沉默，一辆红色的的士由远及近，阿绿拦下它，上车。我目送着尾灯缓缓变小，是远去的未知感吧？

　　一个女人拒绝男人的接送，说明不了什么。但是我看着开远的的士忽然又停了下来，掉头重新停在我身边。

　　下车后，她将我送给她的画和一张银行卡，双手递给我。

　　"这张卡里是项链的钱，林先生，实在很抱歉，害您被骗了钱，又损了名画。我心里那个人虽然不在了，但是还没有人可以替代。"

　　她的道歉很真诚，似乎没有不原谅的道理，何况，有个人能听我讲完心事，某种程度上对我也是种恩惠。

　　"那将来再说。"

　　我看着她重新打开车门，汽车的尾灯在夜里空旷的街道格外刺目，车速显然比刚才快了许多，汽车一拐，在街角消失了，我不知道她有没有在后视镜里看我，但我还是一直目送她远去。

　　不知道该怎么去喜欢一个人，或许根本不是喜欢，或许看着她走远也是一种表达的方式。

【终】

01

我是郑书华。

大海和夜几乎混为一体了，除了车灯照到的一点点白浪。

我打电话回家里，用人说，她今晚暂时还没有回家。

我看着手里的硬币，想起了第一次见她时的模样，那个才是我该相信的爱情吧。或许她的选择是对的，爱情可能远没有珠宝值钱，我站起来把硬币扔进了海里，听不见落水的声音。

"嘀嗒，嘀嗒……"回去之后，房间里也只有我。

家里的房子很大，装修是旧上海的风格，很多装饰品都是三十年代旧上海保存下来的东西，仔细看还能看出一些斑驳的铁锈。可以看出它当年的主人费了极大的心思。第一次走进来的女人会遗憾自己没有旧时的高领旗袍。第二次走进来的男人都会戴上一顶黑色的礼帽或者贝雷帽，最好再说上一句上海话。

老式大钟用最古老的机械方式在行走。房子住久了，我也跟着喜欢上一些老式的东西，难免把自己的情商也修炼得木讷。这座房子、这套沙发、这个摆钟都是二十世纪的东西。也许我老了以后也会把自己经营成古董，其实我只是认为所有东西时间长了还有存在的意义的话，它的价值也会随着岁月的洗礼而增加。

母亲说我的曾祖父是旧时上海的大资本家，后来被革了命，祖父便带着她逃难走了，我们一下子从上海的大家族变成了天涯人。还没走入千手这一行时，我常跟别人开玩笑："我本该是豪门阔少的，该有三姨太、四姨太。"

记得第一次在阿紫面前开这个玩笑，她眼皮都不抬："听说阿联酋的男人还有这个待遇，你可以搬去。"

不过这些都是几年之前的事了。

临近零点，阿紫还是回来了，她坐在我对面，给自己倒了杯茶，一口灌下去，我闻到了她身上的酒气。

我们都没有说话。她盯着杯中的浮叶出神，我猜她是在酝酿说辞，或者不好意思开口重提上午的事情。总要有个了结的，不忍心看她为难，这次是我先开的口：

"阿紫，我可以同意你之前的要求。"

"好啊，离婚可以，前提是我们赌一场！老规矩，赌纸牌，谁输了，谁放弃财产！"

"赌纸牌是我教你的，你怎么跟我赌？"

"我不管，输了我也心里痛快，我不再欠你。你知道我是不服气的人，你赢了，多少都带走，这样很公平。"

"你真的想好了？离婚或许你还能分到一半，但是赌的话，你不是我对手。"

"我确定。"

阿紫目光坚定，瞬间，我觉得输赢都无所谓了。

生手怕熟手，熟手怕千手，千手怕失手，失手要剁手。这道理我从小默背到大，言出必然要谨慎行事，所以我很少碰见难对付的对手。

但这一次的对手很强，因为阿紫已经足够优秀。

02

女人喜欢把男人分类，我不知道自己在女人心中是哪一类。我甚至想到了我的母亲与父亲，母亲与欧阳书华，我还拿自己与欧阳书华作比较，如果我是女人，我更喜欢我自己还是欧阳书华，我来不及多想……

我知道有个更好的男人在追求她，她或许现在也跟我一样喜欢赌，喜欢冒险，但是我也知道，她终归会回归平淡如水的生活。而我只能无休止地飞下去，直到一无所有的那一天。

我回过神看着她，拿出一副扑克牌。

"我们玩七张牌的梭哈吧，这是你最喜欢的游戏。嗯……不知道现在还是不是了。"

"牌越多，组合越多，对手越难琢磨，你那么莽撞，以后遇到了一定要小心。"

这个道理我第一次跟阿紫玩七张牌的梭哈时就告诉过她。或许这是最后一次跟她玩牌，她要出师了。

有遇见就有分别，在最后，我想看看这个成器的女弟子究竟学到了多少，技术高超的话，未来她走到哪里我都不必担心了。这样就不会像上次——我安排她住进客户附近的酒店，安保、眼线，一切我都亲自确认妥帖，但阿紫这个人伪装的本事大过实力，一言一行都不够让我相信她的水平，没办法，那一周里我来来回回绕着那条街，走了十几次。

她像座预警喷发却没有喷发的火山，让我每天都提心吊胆，我从来没有向她表达是因为，我以为我跟她一样火热，即使熔岩喷洒，也烧不掉我。

对于扑克的玩法和理解我比任何人都深入，但是对于她，我远没有那么好的洞察力。她的想法，我是永远琢磨不透了，就像现在的收场方式，是当初谁也料想不到的。

阿紫这一局加注很大。

"赢得一时，输了全局。你知道我很有耐心的。"

我选择弃牌。

"我不知道，人心难测。你告诉过我，千手有很多面具。"

"面具是会撒谎的，但是牌不会。"

"不，恰恰相反，你的牌能有无数个组合，时刻都能变。有时候我觉得我看见的是真正的你，有时候又觉得哪个都不是你。你把自己藏得太深了，而我又无力再去寻找了。"

我很喜欢东西慢慢变旧，慢慢变老，变得老旧，变得醇厚。爱情本该也是这样的东西，可是时间对待爱情总是不公平，时间不一定让爱情变得厚重，它往往会把爱情摧毁。

我知道阿紫是心意已定了。

也好，至此，我心中只有刀，没有心上人。

03

我和她终于把所有的筹码都放在桌子上了。

我看着桌子上的筹码：

"还要再加注吗？"

"加！加上我房间里所有的珠宝。"

"你曾说它们是仅次于我的。"

"连你我都不要了，我要它们干吗？"

"那我加上这屋子里所有的东西。"

"好，开牌吧。"

我不确定是不是在阿紫的眼睛里看到了泪，她从没有在我面前哭过，她太要强了。

开牌，阿紫是同花顺。

同花顺很大，一名千手能开出同花顺，说明她决心很大，所以或许我已经没有必要开牌了。

"也许藏得最深的是你。你赢了。"

我心里一阵空空落落，是失去了所有的东西吗？

只是失去了她罢了。

"技术勉强可以，我把这个也给你，这是我的幸运币。"

我把手里的硬币抛在了桌面上。

终于离场要走了。

我不可能在她面前流泪，我还没教会她控制情绪，怎能自己先
败北？

04

我是阿紫。

书华走了，我赢了。

赢下了一切吗？

不是，我失去了所有。

看着空荡荡的屋子，我拿起桌面上仅剩的那枚硬币，我已经决定
今晚把这枚也抛进海里。可是不知道为什么，我竟想拿起他还没揭开
的牌，或许我想看看我的水平是否真的在他之上。

翻开。

白牌底，黑色钢笔字，临摹着我的笔迹画下的抽象小人，还有那
些我曾讲给他听的，并不好笑的笑话。

此时凌晨一点，外面的世界平静下来，街道上只剩寥寥路过的
车，每一盏车灯，都把他的背影拉得很长。

我追上他，冲他大喊：

"你刚刚那个牌怎么弄的？能不能教教我？"

他转身，小皮箱晃动，脸上永远都是平静的表情。

Part 3

拳 ● 手

如果世界上有10000种相遇方式，也许我会忘记9999种，

只留下的那一种，全藏在那天的温度和海鲜粥的火候里。

【上】

01

拳台，是一个男人，一个真正的男人才配一直站着的地方。当然，如果不是真正的男人，也是可以站在这里的，只不过过不了多久，他就会倒下。

眼前这个男人身高大概一米九，全身黝黑，肌肉线条非常明显，线条明显说明身上脂肪很少，所以他的抗击打能力必然很差，其实这种身材比较适合去拍写真，不适合站在这里和我挥拳。

他怒吼着近身攻击我时，他的肩膀清晰地交代了他的出拳轨迹。

隔着牙套的，牙齿的相撞声——是我击中了他的下巴。作为一个拳手，拳头击中对方要害之后又怎么会让他有喘息的机会呢？

拳拳到肉的声音，在我这个距离听起来像一串炮仗。

"拳头要硬，出拳要快，收拳要稳，不管是十万人观战，还是无人观战，拳场上都要讲究心神合一。"这是十五年前我刚刚开始学拳时，偶然间看到泰森在电视里说的一段话。

最后这个男人倒地的姿势并不完美，他的后脚跟先着地，左右脚交替小碎步向后退，最后顺着身体惯性向后倒，身体和地面碰撞。我和往常一样转头。

瞬间时间凝固。

因为我对上了一个眼神，一个在护栏外注视着我的，或者注视着这一场拳赛的眼神，那一瞥很短，真的很短。

震耳的欢呼声。我花了些力气才注意到这些响动，是观众把我拉回现实，这也意味着我的对手不会再爬起来。呼声持续，人影涌动。我用牙咬摘下拳套，拳台四周环绕着陌生的面孔，欢呼、兴奋，好像打倒对手的是他们自己一样。

我很努力地想要再次寻找到她的眼神。

拳场上，两个人激烈的喘息，来自倒地的那个人和我。当我寻回那个眼神的时候，我闻到了海风的味道和带着一点还未干透的、刷满白色油漆的木头的味道。

抿了抿嘴唇，我跳下拳台，她好像被我突然的空降吓到了，后退两步。我故意扭了扭头，眯起眼睛。强哥说我眯起眼睛的时候有点像古天乐，虽然我并不这么觉得，但我平常照镜子的时候发现，眯起眼睛确实比平时帅一点儿。

我充分调动着上半身所有的肌肉，我现在的样子应该比较像型男，我开口：

"你要学拳击吗？来这里吧。"

话说到末尾，我才发现她的眼神有些错愕。

"不好意思，我不需要。"

她浅笑着回答我这样一句话。

我是一个拳手，心脏是我身体里最紧实的肌肉，但就在她转身的一刹那，我的心却突然软了一下。

02

"只有如今的坚持不懈，才能换来将来的惬意生活。"

这张纸条，是十几年前那个住在菜市场的算命大师写给我的话。

临走前母亲还特地把它小心地折好，放进我的上衣口袋，捂着我的胸口念念有词了一分多钟。她是个很传统的女人，即使继父那样不成事，她也依旧三从四德，我怀疑她是把骨子里所有反抗的心思都用在了我的身上，于是我成人后的第一件事，就是逃离故乡，带走了她仅剩的、多余的牵挂。

吉隆坡和厦门很像，有海，也有很多讲闽南话的人，吸着热热的空气让我想起厦门的白城海边的那棵被我踢了三万腿的棕榈树，那棵树如果还在的话，现在看上去应该还有些弯，不过现在应该是不在了，听说厦门发展得很快，算起来离家也有十几年了，那个城市应该已经没有多少地方还是我印象中的样子了吧。

午间容易血脉偾张，脸上的伤开始有点火辣，和十几年前被继父扇过巴掌之后的感觉类似。

我取出相框里的字条，又把照片按原位挂好。这是我第二次打开这张字条了，与第一次不同，在赛场上遇到她之后，这次我更想参透它的后半句。

第一次打开它时，是我第一次输掉比赛的那年，我没被KO（击倒），是点数输的，我戴着拳套在墙壁上发泄怒火，我记得当时脑子里只有一个念头：我连那个快退役的老头都打不过，要这双手有什么用？但当我把拳套摘下，准备还原一场台湾偶像剧里徒手砸墙的情景时，我犹豫了。还好犹豫了那一下，否则我这一生要是再想打拳，就只能用一只手打了。

我用肿胀的右手打开字条，读懂了前半句。

照片里是幢白色的房子，门前是栅栏围成的花园，经过沙滩的过渡，就一脚踩进了大海。格斗让我更加坚韧，但坚韧的躯壳之上，是如照片里那样的、至柔的梦想。

相框在墙面上摇晃，我能感受到风的拂面，腥咸。向门外望去，我的傻金毛挣扎着从门缝里钻了进来。

"泰森。"

泰森起来跟我击掌，它的个头接近我的鼻尖，这样的高度跟那个姑娘很像。在吉隆坡打了十年的比赛，我每天都会带着不同的伤回家，在眼眶、在嘴角、在眼皮；每一块瘀青、破口、肿胀，都是当天的荣誉。

可今天，我看着镜中的自己，没有一点荣誉的迹象，总是忍不住想笑，让我联想起了遛狗的时候泰森遇见雌性犬类的德行。异性相吸是动物的天性，但是泰森比我直接得多，直来直往地，并且不会说谎，在这一点上很多人都不如它，我也是。

"泰森，你说她叫什么啊？"我喃喃自语，声音很轻。

那个姑娘刚走进照片里的海边小屋，我不想讲话太大声，让她觉得她是我世界里的不速之客。

我揉着泰森的耳朵，它的耳朵又厚又软，用力搓还能摸到血管的纹路。它愉悦地摇着尾巴，听我说着我和那姑娘的初识，以及我跟她之间有可能发生的事情。

"表白呗，打拳还害怕这个？"

橱柜的第三格，装着金毛最喜欢的鸡肉条，我拿起一包对它招了招手，它欢脱地跑过来。

"你是不是在这里工作？"

"想不想学练拳啊？"

"我家楼下开了家中餐厅哦，很不错。"

"你有没有腹肌？哦，那我带你训练啊，女孩子有腹肌很好看的。"

以前我把我的生活归类为两种状态：打拳的状态，不打拳的状态，一半激情一半平和，互不沾染。现在它们合二为一，都很令人期待。

03

"察猜地下拳场"的规则很简单，放倒即放款，有一些拳手喜欢在上台前口嚼一大块生肉，费力地吸干汁水，再吐出肉糜，用他们的话说是血腥味才能激发最原始的欲望，粗暴又野蛮。在我看来，这是拳手对自己的格斗技不自信的表现，因为不自信，所以才需要搞这种带仪式感的自我标榜来自欺欺人，任何一个稍微精通实战的人都知道，这种行为对战斗力的提升几乎为零。

拳场上的灯光随着观众的呼喊忽明忽暗，出拳越重，出血越多，他们就越兴奋。我听过一个词叫"暴力美学"，呵呵，暴力怎么可能会有美？这种词汇只不过是那些喜欢暴力的上层人士，自己贴在自己脸上的遮羞布罢了。

每一个拳手都是为钱而来，我也不例外。察猜有着三十二连胜的比赛规则，第一场的奖金一千马币（约一千六百五十七元人民币）起步，赢完可以拿钱就走，也可以累计到下一场，钱会翻倍，但如果输掉第二场，第一场的奖金也就没了。如此叠加，直到有人连胜三十二场，就能得到二十五万马币的奖金，并成为这个赛季的拳王。

我已轻松赢了十四场，但每一场，我都不遗余力，出拳又狠又果断，每场赛后我都暗自叮嘱自己，这个奖金我必定要一举拿下，因为失去它，我就没法实现自己的梦想了。

如果没有莫名其妙的泰拳王横空出世的话，这个赛季我是赢定了，之前出现过几个很猛的愣头小子，没打两场，国家队就把人领走了，这些人过不了几个月就能在电视上看到。马来西亚的国家队当然也找过我，不过那时候我还没办假结婚，拿的还是红本护照，看过我的护照之后他们就没再找过我，现在他们也不会来了，因为我已经过了拳手职业生涯的黄金年纪。

按照现在的汇率计算，二十五万马币大概可以兑换四十万人民币，虽然在厦门这些钱只买得起岛外的一个小单间，但是这些钱足够在槟城白沙岛旁，盖一座属于自己的海边小木屋了。

老实讲，今年大概是我最后一年有绝对把握拿赛季拳王了，所以每次望向那张照片的时候，我都会认真思考，小屋的主色调是不是要刷成白色，周边的绿植要种上几层，栅栏一定要围得高一些，防止泰森进去踩踏花草……等小屋落定后，也许可以邀请母亲过来度个假。

接下来的一场，是我的第十五场比赛，跟我对战的男人面部有一条从嘴角一直延伸到耳根的疤，缝合的技术很一般，也许是他的妻子缝的，总之，那条疤像根鱼骨。按道理说，除了面前这个满脸横肉的男人外，我的眼中不应再容下任何人，但就在对方左手虚晃，右手的勾拳即将打在我胸口的时候，我捕捉到了一张和他的画风完全不同的脸——

浅绿色的丝绒衬衫，过肩的长发，是她。

短暂的凝固让我失掉一切防守的优势，对面的男人一拳重击在我的胸口，我的胸腔承受着巨大的压力，就像是从三层楼跳下，用胸口着了地一样。我先听见了肋骨"咔嚓"的声音，然后才感到痛。

"一！"

"二！"

"三！"

当我回过神的时候，裁判已经数到四。混杂着观众的唏嘘声，我站起身来，眼神依旧紧随着她，但从我倒地之后，那姑娘就好像看穿了结局，朝观众后方走去。这怎么行？我瞬间燃起斗志，额头上凸起的青筋牵动我的拳头，我本能地朝着对面男人的脸砸去，开赛前我还担忧他的伤口会不会裂开，但此刻我突然狠下心来，因为拳场上没有怜悯。

他的身子像碰到尖锐物后瘪掉的气球，任凭裁判怎么喊，那具身体只剩缓慢起伏的呼吸，忽然，他的鼻孔慢慢渗出鼻血，由于身子躺平的关系，我怕他鼻血回流呛进呼吸道，于是急忙丢掉拳套跑过去扶他，他从开赛就一直凝重的表情突然柔和起来，我更近距离地观察了他的脸，未刮干净的胡楂下面藏着一条又一条深深的皱纹。观众席的欢呼声开始弱下来，他缓缓起身，带着不甘和沮丧，走下台去。

那个走向出口的背影还没走远，像一道清晨时照在脸上的光，看似那么容易就能碰到。我会穿过人群来到她的背后，用右手抓住她的手腕，她转过身来的瞬间，我的心跳声盖过了言语，我应该会用西班牙语对她说"Aquí te amo"（我爱你），因为有人说西班牙语是世界上最浪漫的语言。

是的，我和泰森排练过很多和她再次相遇的场景，这一次，一定会很浪漫！

一步，我离她只差一步的时候，一个男人的背影横穿进我的视线里，这个背影身材健硕，我下意识地觉得他对我存在着威胁。果然，他停住不动，同时我注意到了他那张还算俊朗的脸，他用手指宠溺地滑过了她的鼻子，她的眼神也同样报以宠溺，我瞬间刹住，毫不停顿，马上转头，让自己以最快的速度淹没在观战的人群中，可人群间互相推搡，催促别人向前，我站在人群中任凭他们对我推推撞撞，耳朵听不到任何声音，脑袋一片空白。

04

沙袋什么时候变重了，木板也变硬了，光是一会儿凭空挥拳就要让我气喘吁吁，往常的专注，被她和他分散，我努力让自己不去想，但又控制不住，每回忆一次，胸口就像承受了爆炸力的击打。

我把拳套取下来随手一丢，砸到门口的泰森，它绕过拳套，躲在我的身后夹起尾巴。泰森背后跟着一个头发又短又卷的妇女，怀里还抱着一只贵宾。

"让它不要欺负我家女儿，我们可要配纯种的……"

她说了很多话，我根本没听，最后，贵宾的主人捂着贵宾的屁股走了。

泰森跟人生活久了，竟然连羞耻心都有了，趴在地上发出呜呜的声音。

一人一狗的感情很微妙，平时输了拳赛很沮丧的时候，它会欢脱地跑来拱我，咬着我的衣角拉我出去散心，扮演一条知心老狗的角色。

但今天，我们的沮丧撞到了一起。

"如果你跟的是吴彦祖那样的主人，就没有这种烦恼了。"

泰森站起来，用鼻子拱开装零食的柜子，叼了袋磨牙棒放在我们中间，我分辨不出它是安慰我，还是要我打开零食安慰它。

我把包装袋撕得很响，但它却向门外跑去，趴在窗台上，尾巴摇得像个竹蜻蜓，我跟出去一看，怀抱贵宾的女人正在遛狗，泰森就痴痴地守在这里看。

我盯着它看了一会儿，然后踹了踹它的屁股。

它把头转向我，眼神竟然很坚定。

"万一那个人是她哥哥呢？就算是男朋友也不一定结婚了是吧！"

"下次见面，我一定要问到她的联系方式，输了给你买三百罐罐头。"

泰森用一声"汪"表达了人类语言中的"一言为定"。

"那就这么定了。"

05

两个男人在拳台上对垒，另一个男人的拳技虽然被她的男友碾压，但客观地说，她男友出拳的速度还是差了点，预兆也偏大。

我知道前排一定有她，但想起她与他的拥抱，我停住了脚步。在我后方的人群不断向前，我在矛盾。

半分钟后，我假装无意地停在她面前："看比赛啊？"

她转过头看看我，然后点点头。

她那清澈的双眼和我这么近距离对视，害得我莫名紧张。

"那个……你的手机号，是多少？"

我鼓足勇气，却也不假思索地脱口而出，这一刻既漫长又短暂。

我在小心地等待她的回应。

此刻人群开始欢呼，裁判宣布她的男友是Winner后，他就跳下拳台，她小跑着去抱住他，转了好几个圈。

也许是，她装作没有听见，还是我根本就没有说清楚？我在原地，又一次坠入深渊，陷入沉思。

临走前他们经过我身旁，她突然问我："你刚刚问我什么？"

"哦。"我说。

他们脸上的愉悦还在，就算我再喜欢，也不忍心打扰。

"我说，你的手机……别掉了。"

"嗯，谢谢。"

06

眼前的沙袋，是我今年换的第三个，睡觉前练拳，睡醒了踢腿，玩物一般，但现在我把它比作她的男友，这还是我第二次把沙袋当作仇人般怒打，上一次幻想的是我的继父。

我用左手顶起他的下巴，右手击中他的小腹，每一拳都用尽全力，带着咬牙切齿的恨，但当我冷静下来，我才发现那不是恨，而是羡慕，是爱而不得。

"算了，会有那么一天，我们拳场上见。"

07

离总决赛越近，难度也就越大，从第一场莽撞的愣头青，到第十七场打法激进的老成拳手，我都能准确猜出他们的拳龄。而最后一场决赛的对手，必定是另一组的三十一连胜者，我们将会对弈。胜者将会披戴着荣耀，领取巨额的奖金，永远被称作拳王；而败者，不管此前有多风光，此后都不会再被铭记。这是弱肉强食的世界，也是强者的生存法则。但总决赛给我带来的压力寥寥，我胸腔里燃着的热火让我有足够的胜算，去冲击三十二连胜。

我最终没有给泰森买三百罐罐头，其实我本来想买的，但三百罐确实有些贵，再加上罐头是有保质期的，如果泰森吃腻了的话，剩下的又临近保质期就会很难转卖出手，于是我只买了三十罐。

很奇怪的是我带着三十罐罐头回家的时候，泰森没有显得很高兴，不知道它是嫌弃我没有遵守三百罐的诺言，还是嫌弃我没用，没要到她的号码。

"算了啦，等我打完这个赛季，海边的小屋一定能盖成，其实也没什么大不了的嘛，这么多年，本来不就只有我们俩？"

泰森好像不爱听。

"如果有一天我在拳台上遇到她男朋友，直接把他打残废好不好？"

泰森不知道是不信，还是不爱听，总之，还是没有反应。

08

决赛的预备铃声响起，这是三十二连胜比赛的最后一场，代表着察猜这个赛季的最高水平。我在更衣室看到她坐在观众席第一排，这是展示自我的最好视角，我帅气的动作她可以尽收眼底，我获胜的姿态她能看得最清楚，我忍住雀跃的心情，朝对手望去，和我一起站在拳台上的，是她的男友！

我觉得有些喘不过气。

宣布比赛开始后，他朝我打来又快又密的拳头，三个来回后，他变换进攻方式，只见他右脚向后撤了一步，身子也向右后方仰去，我断定他的攻击目标是我的左侧下巴，于是我一边躲着他的拳头，一边猫起腰，寻找他双手进攻时露出的空当。我用一只胳膊拦住他的左臂，因为方向失控，他的右手必然打空，最后我顺势而上给了他一记漂亮的重拳，他被打得吐出牙套，躺在地上干咳。整个动作在瞬间完成，但看客早已沸腾，击退对方后我习惯性地在人群中寻找她，然后我看到了一张不融于欢腾气氛的脸，不管聚光灯怎么往我身上打，她的眼光始终望向那个男人，充满担心。

裁判蹲在他的面前倒计时，再数三下我就可以赢得比赛，获得奖金，但当裁判喊到"七"的一瞬间，我竟然强烈地渴望他重新站起来，也许只有这样才能让人群中的那张脸露出笑容。

他还是站起来了，喘着粗气朝她扬了扬手，又朝我摆出了战斗的架势，人群再次沸腾，她的脸也终于和气氛相融。

捕捉到这一幕时，我的拳头突然像被灌了铅，我想，人这一生总要输点什么的。倒地的时候他蹭破了右边颧骨处的皮肤，我不断提醒自己尽量往左打，避开他的伤，更是将进攻速度减半，几个来回后，他好像发现了我的顾虑，于是趁着我分心的空隙加快了出拳速度，他用左手骗取我的格挡，右手顺势从侧面给了我蓄尽全力的一拳。落地时我的头重重地摔在拳台上，牙套里有股不断渗出血的味道，他还是不罢休，扑过来俯在我身上，左右各一拳暴击我的太阳穴，眩晕、耳鸣、脑袋的痛感让我骤然清醒，裁判还没来得及倒计时，我便飞速爬起，台下不断有人喊着："反击！反击！"要赢的信念在我心里炸开，我有能力让他变成一个废人。我将嘴里的血水咽下去，血腥味滑过喉咙，给我带来了一丝坚决。

我根本无心顾及台下，任凭她在人群中变脸，我都如一头发狂的猛兽，朝着对手扑上去，接下来的几个回合里，我佯装攻击他的颧骨，只要稍微碰触伤口，他就会蜷起身子，用双臂来保护脸部，这时我的另一只手就可以用直拳打中他的肚子，反复四个回合之后，他捂着肚子被我打到围绳上，围绳把他弹回来，我便继续攻击，从腰线到面部，只要是他裸露的地方，都有我攻击过的痕迹，他的胸腔剧烈起伏，完全丧失了攻击力，变得只会格挡，我打算送他最后一拳，这一拳落到了他的太阳穴。

他从围绳上弹下来，正脸着地，拳台的地板可以清晰地衬出他呼吸的频率，他的手臂滑出拳台，就垂在那里。

这一拳太用力，我像一口气跑完了万米长跑，胸腔里的血都快要破喉而出。

她怔怔地站在那儿，之后猛然拽开围观的人群，也不管背后的闲言碎语，扑过去就跪坐在拳台边，紧紧握住他的手。她边哭边摇头，我听见她盯着男人一字一句地说："你不要打了，就让那个人赢吧。"

其实，最伤人的不是他们的感情坚如磐石，而是她口中的我，名叫：那个人。

男人面无表情地看着她，然后拽着围绳站了起来，他每一次呼吸都用尽全身力气，且浑身淌着汗，这样的状态就算是刚出道的新手也能一拳解决，但我握紧的拳头最终没有再举起来。

他见状便一拳抡过来，他的手只蹭到了我的鼻尖，我明明转个身就能躲过，但我还是选择顺着他的出拳轨迹倒下，见我还有余力，他死死地压在我身上，我用余光看到她在台下做祈祷状，那一刻我放松了全身的肌肉，闭上了眼睛，感受到前所未有的释怀。

脸上的汗水太多，我也不知道自己究竟流泪了没。

09

"惊天大逆转"的消息传遍了整个地下拳场，有人啧啧称奇，有人眼神黯淡，有人质疑打假拳，有人选择愿赌服输。有两个人笑着离场，有一个人把这些全当作一场梦。

【下】

01

每天清晨六点钟，是海鲜最鲜活的时候，卖海鲜的小贩均匀地分布在新山码头。一年多以前，我住在码头旁的一幢小公寓里，在一个星期六的早晨，我走进了位于码头最东边的店，那天早晨的阳光把它的招牌照得很亮。

那家店名叫"阿浩海鲜"，光顾过几次之后才知道老板果然叫阿浩。

阿浩是个很奇怪的人，从他的相貌上来看，不过二十岁出头，但从我进门的那一刻起，他就一只手拿着镜子，另一只手拨弄自己的发际线，在桌子上的瓶瓶罐罐中，我看到有一罐用中文写着："防脱精华"。

我忍住笑意开始挑选，最后拿着店内最后一只螃蟹去找他结账，他这才意识到自己作为老板的怠慢。他冲我扬起嘴角的时候，牙齿被刚好照进来的阳光打亮，我赶紧低下头掏钱，翻到最夹层的时候我想："上一次心动，是什么时候呢？"

吉隆坡清晨的太阳很烈，他应该看不出我脸红。

"你好，一共六十块钱。"

我被他的声音拉回思绪，这才回过神，匆忙掏钱。

"这是一百块，哦，不用找零了！"

我感觉到一个肥胖的身影遮住了半边阳光，一个拿着一百马币的手抢在我的前面，直接略过我，递给了老板。他拿起老板装好的螃蟹正准备转身走，却被我叫住。

"不好意思，这是我要买的。"

"什么？"他把语调拔高，佯装听不清的样子，又漫不经心地撸起袖子，似乎有意给我看他的文身。

我退后几步看向老板，想要求助，却看到他对那个胖子报以同样的笑容。

"先生，螃蟹要不要帮你分割好？"

那身影朝柜台看去，笑得露出满口金牙。

吉隆坡的气候很多变，现在晴空万里，也许在三分钟后，会有一场倾盆大雨。

他接过胖子手中的螃蟹，依旧带笑，但笑容不再光亮，我的心动戛然而止。

当我联想到自己时，也有理由释怀：有人以正常价格招呼我送烟，有人愿意出双倍价格从中截断，二者之间，我当然选择后者。

我叹了口气，正为刚才的心动自我鄙视，突然，一阵清脆的碎裂声传入我的耳朵，回头看去，他接过那只螃蟹一拳打碎了蟹壳！整只螃蟹被捶得稀烂，蟹肉四溅，腥味瞬间迸发。

胖子收起了他的金牙，手臂上唯一的那块肌肉跳个不停。他在生气与笑之间来回转换，这次真的绷不住了。

"哦，sorry，掰得太用力。"

阿浩的语气带着小孩子的顽劣。看到他的拳头被蟹壳刺破，我心里又痛又紧。

真奇怪，我明明不晕血的。

"你什么意思？"

胖子怒拍桌子，脸色涨红，像张过年时贴的年画。

桌子上的碎肉被震得掉在地上，阿浩抬起头，把手里的蟹腿随意一丢，眼神凌厉：

"嗯？不卖了的意思。"

我站在胖子旁边，想走却不敢动弹，他喉咙里翻滚的怒气被我听到，连鼻翼处都渗出些许油脂。我开始担心这个与我只有一面之缘的店老板会不会遭遇不测。

我尽量把视线转移，用来平复我的心情，游离到店深处时，桌子上大大小小的奖杯吸引了我的眼光。

胖子也发现了奖杯的存在，他不自觉地把脖子伸长，眯起眼睛想要读懂奖杯上的字。他的口型动了动，逐字念完后，我发现他的脸涨得更红了，喉结也上下滚动。他突然双手拍拍口袋，找出电话放在耳边，听他说的话好像是要叫人找老板的麻烦，当最后一只脚踏出店门的时候，他才回头摆出一副"你们走着瞧"的样子。

后来阿浩告诉我，胖子那通电话是假的，因为手机连亮都没亮。

胖子的反应引得我更加好奇那些奖杯，我走上去帮他把螃蟹还能吃的部分放进筐子里，拿起一只蟹腿时，他不小心碰到了我的手，我突然手足无措，他也慌张地收回手："那个……要看奖杯吗？"

我点点头，我们都如释重负般把注意力集中在那些奖杯上，五个拳击冠军、三个拳击亚军，他竟然是专业拳手！

我内心雀跃不已，当两个人找到某个共同点，两颗心是不是能够更接近些。

虽然他是专业拳手，而我，只是地下拳场里卖烟的小工。

02

五年前，阿浩从鞋盒里拿出一双款式老旧的鞋，鞋子下面垫着棉花，他从棉花下又掏出一张厚牛皮纸，再下面是一块方巾，拿掉足足五层后，他终于把藏在最底部的两千块拿了出来，还给了楼下的暴发户。

至此，他们家的债主还剩九家。

当拳王一直是他的梦想，这个梦想从他十八岁那年开始，就坚定不移。打了三年职业拳击，拿到赛季末最后的奖杯时，他的父亲就冲进屋内，他还没来得及分享喜悦，就被父亲眼里的红血丝吓到。

"帮我挡挡吧。"

父亲一秒哽咽，用几近哀求的眼神看着他，然后把一支烟递到他的嘴边，毕恭毕敬地，为他点火。

晃动的火苗犹如他的梦想，那晚，一向不抽烟的他抽完了整整一盒，抽到天亮，他丢掉最后一个烟蒂，面对着最喜欢的阳光，转身开始做生意还钱。

03

阿浩又将奖杯擦拭了一遍，极有耐心地依次摆好。他抱着那些奖杯的眼神，充满骄傲，也充满落寞。

"哎，你有梦想吗？"

阿浩转过头来，我猜下一秒，他就要讲一个故事。

"梦想"这个词听起来很遥远，爷爷是在偷渡去新加坡的时候被劫了船，当"猪仔"卖来马来西亚的。所谓"猪仔"，就是类似卖猪一样，将几个人装进一个笼子，每日按时喂食，但根本没有人身自由。那个年代的东南亚，这些事情屡见不鲜，更没有合法的渠道上告，爷爷只好在怡保的锡矿做苦工，一做就是几十年。也许是天性使然，我从小除了中规中矩地念书，并没敢有过荒唐的梦想，就像当年爷爷他们被当"猪仔"卖掉一样，认命，自认卑贱。

我回忆着这些事，一抬头就撞上了他的眼神，他的笑容很皎洁。我清楚地听到了自己的心跳声，如有个小人在敲打着我的心门，它让我打开，迎接一个在某一天注定会来的客人。

"梦想啊……嗯……才刚刚有，不好意思说啦。"

我看着他的脸，梦想的轮廓逐渐清晰了起来。

店里时不时会来些客人，阿浩都要起身去招呼，有人对着水缸里的鱼虾挑肥拣瘦，直到挑出个个都肥美的虾子才结账离去。

我问阿浩："那些人把个头大的都挑走了，剩下那些小的和死掉的，怎么办呀？"

阿浩走到水缸旁，捞起一只濒死的虾子，凝视着。

"这些啊，其实供不应求呢，你信不信？"

"店里快打烊时，常有一些五十岁上下的人来店里，专要挑这些小的，或者死去的虾子买走，因为它们便宜，很少的钱就能买到很多。而另外一些标价很高的水产，看似没有市场，其实也大有人买。'梦想'这个词，是分阶层的，有人觉得能吃到小小的一只虾就满足了梦想；而有的人，梦想则是整片海域。"

我从他的话里听出了他的梦想和他的无奈。

"那你……"

"嘿，要留下喝海鲜粥吗？如果你不介意的话。"

他话锋一转，笑着扬起刚刚打碎的螃蟹，打断了我想说出口的话。

"好啊。"

我在地下拳场工作一年，常有人招呼我去买烟，二十马币的烟，他们会给我五十，我接过钱后会冲他们露出笑容，但没有一次像今天一样，如此发自本心。

粥，煮得恰到好处，他放了姜丝去腥，但喝的时候却不会有姜丝进入口中影响口感。

如果世界上有10000种相遇方式，也许我会忘记9999种，只留下的那一种，全藏在那天的温度和海鲜粥的火候里。

如果用一个字来形容察猜拳场，那就是："杂"。气氛杂，人也杂，为了博得观众的快感，拳手们常抱着杀人的目的打拳，每一拳如果不带血，那相当于让自己掉价。我犹豫着放弃介绍他去地下拳场，但看他憧憬的样子，我终于说明了其实我是地下拳场的管理人员。

当你遇到一个喜欢的人，就算是用骗的，也总想让自己的身份在他眼里高一些。

"真的吗？带我去！"

他攥紧拳头，眼神发亮。

"但那里跟专业的拳击不一样，会有黑幕，会不公平，会……"

他用更为坚定的眼神将我喉咙里的话压了回去。

"要去，我是一个拳手，不管那里有什么，我有实力就够了。"

04

我们在一起近两年，阿浩每天都会带着不同程度的伤回家，我帮他擦药、包扎、正骨，在察猜工作了一年，我没记住一个拳法，但他踏入察猜之后，我只用了短短一个月就成了半个护士。

开始的那一个月，他还不熟悉地下拳场的规则，还习惯性地用职业的规则去打比赛，然而地下拳场的拳赛是真正的"无限制格斗"，拳手可以用除武器外的任何方式击打对手，不包括裆部，当对方拳手用一些职业比赛上不允许的方式展开攻击时，他总是下意识地举手喊裁判，但裁判对此根本置之不理。刚入行的那段时间，他打几场就输几场。替客人买烟时，我都不敢经过他的拳台。

我一度劝他放弃，哪怕再找些渠道重新回到职业赛，也比在这里受虐强得多。他摇摇头说不，摇头的时候扯到了脖子的伤口，痛得龇牙咧嘴。

"职业拳赛我已经拿过五次冠军了，人这一生总有些东西是不能输的。再说了，我对我的实力相当自信，等我适应了比赛规则就完全没问题了！"

他说这段话的时候语气虽然一如既往地温柔，但这段话所组成的音符从他口中说出来，就是这世上最坚定的力量——信仰的力量。

当一个人已经看到自己最终目标的时候，"迷茫"这个词就与他的生活无关了，因为终点已经在可以看得见的远方，那么通往终点的过程中，所需要做的每一个决定，便都有了直接，或者间接的目的。

阿浩对地下拳赛的理解渐渐步上轨道，他爱上了这种释放本性的拳赛，那些职业赛里的违禁动作，在这里都能施展，他感受到前所未有的酣畅。

后来，他跟我说他收入最多的一天足足拿了五千马币，我算了算，每赢一场是一千马币，那天他打了五场，我突然抑制不住情绪，趴在他的胸口哭：

"不要再拿命赚钱了好不好？"

他总用食指刮刮我的鼻子，对我说没关系。在他眼里，比赛只是单纯的技艺切磋，每一场比赛都使他离梦想更近一步。

察猜有三十二连胜的比赛规则，第一场的奖金一千马币起步，赢了可以拿钱就走，也可以累计到下一场，当然下一场的钱会翻倍，但如果输掉第二场，第一场的奖金也会流失。如此累加，直到有人连胜三十二场，就会成为这个赛季的拳王。

赛季开始后，阿浩异常兴奋，他紧盯着海报上"拳王"两个字，根本没在意奖金，其实三十二连胜下来，可以收获大概二十五万马币。

阿浩把海报贴到卧室的墙上，杵在那里很久，他摩挲着烫金的"拳王"两个字，像站在拳台上大喝一声。我以为他在为自己加油打气，他却从背后把我抱住。

"宝贝，你说，我赢了这场比赛就退役，怎么样？"

我转过身来盯着他，从他的视角来看，我的眼里应该是闪着光的。

"好啊！但你怎么突然就想到退役了？"

他身边的很多人都叫他武痴，平日里就算拿着枪逼他，他也只会摇摇头，敏捷地伸手把枪抢过来对准你。

"人生总要有一次征服所有，然后总该退下来。何况我还亏欠你这么多的担心。但我退役后可能暂时会少一点收入……我有点犹豫……"

"那没关系！"

我摸着他眼角那条疤，他已经为了我们的生活竭尽全力了。我记得第一次见到他的那天，他问我有没有梦想，坦率地说，遇见他之前我没有梦想，遇见他之后，他就是我的梦想。

05

阿浩对我很温柔，也和他"阿浩海鲜"的店名一样，冒着傻气。

我生日那天刚过零点，他兴奋地把我摇醒："亲爱的，生日快乐！"

我散着头发坐起来，极力地忍住睡意。

一双粉色的拳击手套出现在我面前，他用一种得意的语气说："看！我找人专门为你定制的手套，是你最喜欢的粉色！喜欢吗？"

我木讷地点头，拨动头发盖住自己尴尬的表情。

"真喜欢啊？那就戴着睡吧！"

"啊？"

没等我把拒绝说出口，他就把那副粉色拳击手套戴在我的手上，拉着我缩进被子里，关灯睡觉。

但拳场上的阿浩却是另一副模样，猛烈，激进，每一拳都不遗余力，我亲眼见过有人被他打到求饶，那夜的看客是我见过最沸腾的一次。

三十二连胜的赛制开始后，阿浩轻松胜过几场，他选择奖金累计，跳下拳台，我跑过去扑进他的怀里，又一次告诫他不要这么拼：

"最近客人很多，烟钱的油水很有得赚。"

他无奈地刮着我的鼻子说：

"你知道的，我不是为了钱，赢了就是拳王呀。"

他连赢三十一场，奖金累计到十二万五，眼前唯一的难题，就是最后一场的对手，那个和他对决的人，必定是另一组连胜三十一场的最强之人。

06

最后一场比赛开始前，他有些焦虑，怕自己拿不回这个冠军。他把头埋进我的怀里，我轻轻揉着他的头发说："也许别人在意的是你的输赢，但我在意的从来都只是你的平安。"

他抬起头，刮了刮我的鼻子，窗台边照进来的阳光把他的牙齿照得很亮，像我们第一次遇到时那样。

察猜的拳手在比赛前总喜欢嚼一口生肉，看着血水流下，我总会作呕。

比赛开始前，我找了最前排的位置坐着，看到了要和阿浩对战的男人，他长得有点像我小时候的邻居。我记得那家的父母经常吵架，有一次好像还动了菜刀，当时应该还是爷爷和爸爸出门制止的，那之后没多久他们就搬家了。

裁判的哨声响起，整个察猜沸腾了。

对手的实力出乎意料地强悍，比赛刚一开始，阿浩就不占上风，三个来回，他的拳都没有打到对方，那个男人趁阿浩防守不当的工夫，一拳打中他的下巴，阿浩几乎是飞着出去的，他落地的瞬间，我的心也跟着狠狠地中了一击。

周围的人群开始欢呼，灯光压抑得像鸡血，凝重。而我的眼神始终不敢从阿浩身上离开，我能意识到自己凝重的表情和此时的氛围格格不入，裁判在他的耳边倒计时，所幸还剩三秒的时候，他站起来了！

阿浩的颧骨处有轻微擦伤，死盯着对手，又打了几个来回后，阿浩好像习惯了对手的打法，开始主动进攻，阿浩对手出拳的速度越来越慢，最后无力招架，只好防守，为了一雪前耻，阿浩在打倒他之后又扑过去俯在他的身上，冲着太阳穴给了他致命的两拳，我的心也跟着沸腾！我跟着阿浩这些年，已经彻底地明白了一个道理：格斗无关残忍和暴力，最后能站在拳台上的，就是胜者。

但对手好像被打急了，倒地之后竟然怒吼着站起，疯狂扑向阿浩，他怎么会突然变得那么强？整个察猜甚至还没停下来为阿浩的优势欢呼，他便已经击中阿浩好几拳了，他一只手假装要攻击阿浩的颧骨，待阿浩本能防守时，另一只手就落在了他的肚子上，几个回合之后，阿浩被打得蜷起了身子，最后他竟然以同样的方式，击中阿浩的太阳穴，将他打倒！阿浩倒在围绳上，又因围绳的弹力重重摔在地上。

这是爷爷过世之后我哭得最大声的一次，两个小时前还跟我打趣的俊朗少年如今趴在地上不动弹，我拨开人群冲上前去，握住他的手，他抬起头，努力睁开已经浮肿的眼睛，他朝我笑，牙齿上沾着血。

"你不要打了，就让那个人赢吧。"

我哭着求他放弃。

荣誉、金钱，我可以通通不要，他懂我最想要的是什么。

我猜他想向我伸出手，温柔地刮一下我的鼻尖，但他戴着拳套，我的眼泪掉在他的拳套上，化开了血渍。突然，阿浩眼神凶狠起来，虚弱的身体迸发出最后一丝锋利，他深吸一口气，死命拽着围绳站起来，嘶吼着朝对手打去，他扑上前去奋力一击，用尽梦想，用尽尊严。

对手终于承受不了他的重击，应声倒下，也许是不忍承受失败，倒下后，那个男人闭上了眼睛。

哨声再次响起，悦耳动听，三十二连胜的赛程终于落下帷幕，裁判举起阿浩的手，宣布拳王的荣耀属于阿浩，察猜迎来了开馆以来最沸腾的一刻。他脸上的伤已经让人看不出来他原来的样貌了，他声嘶力竭地大吼着什么，但是吼声早就被疯狂的欢呼声盖过。

只有我，看得出那个口型。

他在喊我的名字！

他声嘶力竭地喊着的，是我的名字！

"小静，我做到了！你看到了吗？我做到了！"

我在台下努力拨开人群。

"我看到了！你做到了！"

"小静，我做到了！"

"我看到了！你做到了！你做到了！"

这一刻，他就是洛奇，他就是泰森。

这一刻，我的男人光芒万丈。

07

"惊天大逆转"的消息传遍了整个地下拳场，有人啧啧称奇，有人眼神黯淡，有人质疑打假拳，有人选择愿赌服输。

我和阿浩笑着走出察猜，他把胳膊架到我肩膀上，轻轻地扭过我的头，他的气息温暖且舒服，他说：

"阿浩是拳王，拳王今天很想娶你。"

Part 4

杀●手

一个杀手有了情感之后，就变成了人。

【上】

01

便利店里响起了两声"欢迎光临"。

出门的时候只剩一声。

他离他，更近了。

02

夜晚。

便利店差不多要打烊了，收银员打着哈欠，撕拉着小票数零钱，轮到后面的男人时，她难得抬抬眼皮。这个男人穿着一件黑色帽衫、牛仔裤，属于那种转身走进人群，就很难让人再回想得起来的打扮。小票还没有从机器里打出来，帽衫男就已经走出门了。自动门刚合上，收银员就已经忘了那个男人买了什么，其实她根本就不在乎这些，每天都会有几十上百个人到店里来买东西，而这个帽衫男，只不过是这普普通通的上百个人当中的一个。

不知道从什么时候开始，她慢慢地开始对往来的人不再好奇了，也许大多数人本来就平凡得没什么值得好奇。

两年前她刚做这份工作的时候还不是这样的，那时候她经常主动轮换到晚班，有时看着客人离开的背影，她会想，这是一个什么样的人？这么晚了才回家，家里有没有人在等他？这个女孩是不是也失恋了？她的他离开她的时候，是不是也像他离开我那样，一声不响？

不过，这都是以前的事了。她自己也已经记不得了。

帽衫男跟着前面的胖子走出一段距离，脚步很慢，每当两人之间拉开五十米左右，帽衫男又会快步追上。胖子丝毫没有发觉，从背后看他就像一只穿了衣服的熊，警惕心大概被自己粗重的喘息声盖过了。直到走到一个拐角的地方，胖子才隐约听到身后有踩碎落叶的声音。不会是野狗吧？胖子加快了脚步。

这个地方他最熟悉，是一片很多年没人管的烂尾楼，垃圾成堆，野猫、野狗成群，所以人不多，是附近人流量的断崖。至于他为什么最熟悉，从李叔给帽衫男的信息来看，这块地今后政府会批给胖子，为此他要了不少手段，因为信息是从李叔那里得到的，所以胖子一定是得罪了人。

他继续走着，心里盘算着：如果是野狗，其实还是挺麻烦的，到时候地批下来还得找人清理，吉隆坡要是有人吃狗肉就好了，还能废物利用赚点钱……

但是吉隆坡确实没人吃狗肉，即便有人吃狗肉，也跟他没有任何关系了，因为他的后背不知道什么时候多了五个弹孔。

没有疑问、恐慌和疼痛，因为这五枪是在一秒钟之内开完的，三枪打碎了心脏，剩下的打断了脊椎，痛觉还来不及传递，大脑就停止了供血。就连迎面摔倒的那一刻，他都不会感觉到痛。开枪的当然是那个穿着帽衫的男人！

男人旋下有点发烫的消声器放进帽衫口袋里，从裤兜里掏出一台卡片相机，对着胖子的尸体拍了几张照片。这是他的工作，这几张照片是用来证明这胖子确实是他杀的，并非死于意外或者别人之手。他把相机放回裤兜之后，才掏出手机看了一眼时间，八点半。

手机放回裤兜，他轻轻地"啧"了一声，他平常出门其实不喜欢在裤兜里放太多东西，大多时候身上只有一部手机，但是每次出工都必须多带一台相机，这样子裤兜会变得很重，而且勒得比较紧，这让他有点烦。

但是他知道这种困扰的存在是必要的，因为手机确实不能用来拍这类照片，对于做这行的人来说，任何东西但凡联网了，就会不安全。

走过了好几个路口，拐了好几个弯，帽衫男停在了一个有不少行人的十字路口，他喜欢人多的地方，因为人多可以抑制孤独。帽衫男点了根烟。他平常不抽烟，只有在杀了人之后才抽，原因是他很久之前看过一部港片，片子里的杀手是这样做的，大概的意思是往上飘的青烟可以送死人的灵魂到天堂，虽然他不太信这些，但这样做让他有一种庄严感，也有一种"收工了"的感觉，久而久之也就成了习惯。

几分钟后他把烟掐灭了，立刻伸手招了一辆计程车。

今晚他还有一支烟要抽。

那个男人就是我，我的名字叫……

算了，你还是不要知道比较好。

03

这世上有一多半的人，最后走上了自己完全不喜欢的路，剩下的一小半，无路可走。

我属于前者。

国中时一次全校大会，伟阳和内瑟因为天气炎热，脱了上衣绑在头上假装阿拉伯人，被后排的黑人女教师没收了凳子，女教师走后，他们操着低俗的英文对她竖着中指："Such a bitch!"继续窃窃私语，商议怎么降暑。会后，内瑟一拍我的大腿，要请我们去打桌球，那里有冷气和志德牌的弹珠汽水，听者都在附和，内瑟虚荣心大涨，扬言要开一个更豪华的顶级桌球室，察觉到他在看我时，我连回应也没给。

当年，桌球室这种地方对我没有任何吸引力，我更愿意在上课时看古龙，在那个没有游戏机和互联网的时代，能体验别样的世界、别人的生活的途径，就只有看书。

没过多久，内瑟和伟阳就退学了，内瑟的母亲把他的行李装进一个人力车里，一边对着校长双手合十，一边拉起遮阳篷催促男人离开。直到第二年临近暑假的时候，内瑟才回来，离得很远，我看到有一个大派头的人从轿车上下来，腋下夹着一个钱包，他把墨镜一甩。

内瑟？我心想。

他这样的派头好像是真的开了间顶级桌球室。我读书不行，又受了他的影响，便想立刻脱掉校服去闯荡。记得奶奶在我小时候讲过，她一个亲戚因为上中学时胸部发育得太饱满，经常被同学开玩笑，最终她承受不了压力自己退学了。

相比之下，我的理由显然比她要合理。

自从我有记忆以来，我的生活里就只有奶奶，没有父母。奶奶也从来没提过他们，小时候我还有点好奇，有一次我缠着问奶奶，那一次奶奶哭了，我很心疼，就没有再问下去。现在已经完全懒得问了，无须去在意那些从来没在意过你的人。即便是父母也一样。

还没推开家门，就听到罗文唱的《铁血丹心》，声音扁扁的，奶奶又把《射雕英雄传》拿出来看了。这是奶奶不是第五遍就是第六遍看《射雕英雄传》了，我不明白反复看究竟有什么意义，一件事只做一次就够了，这是我的看法。她离电视又近了些，她的眼疾越来越严重。

在吉隆坡，治疗奶奶眼疾的手术要花费十一万到十二万马币，相当于供我上十五年国中了，最近只要想到钱，我就会想到退学的内瑟。和他一样，我的成绩在差等生行列，唯一能听懂的课程是军事理论，但这门课只是课外选修。

做正经生意赚钱的速度，是赶不上外婆眼疾恶化的速度的，这是每一个马来西亚人都知道的常识，所以在奶奶的眼疾治好之前，正经生意根本不在我的考虑范围内。

我打听到一帮泰国仔，他们是搞毒的，帮他们运毒，价格一趟两万马币。他们会把毒品包装成水果糖，我要做的，是把这些玩意儿吞进肚子里或者塞进肛门里，一路送到别的地方去，我得用五到十多个小时，才能把这三斤重的东西弄进体内，运送周期四天，我基本不能吃饭，而且一旦外部包装破损，我随时会命丧毒品。

虽然他们把毒品破裂的情况尽可能轻描淡写，但想都不用想，这种活儿我不做。

陪酒的话，顺带哄着客人买贵的酒，喝得稀烂加提成也只有一晚三四千马币的服务费，我可能需要不间断陪酒一整年，中间一分钱不花，才能攒齐奶奶的手术费，显然来不及。

想赚得又多又快，就得陪睡。吉隆坡出手阔绰的女客人不少，一晚三千马币起步，如果你会演、会哄的话，一辈子车房衣食无忧，如果工作顺利的话，奶奶的手术费自然就不是问题了。

一晚三千马币让我动心了，我马上开始健身，这样的话起步价或许能更高，这是一笔很有油水的买卖，同样是卖力，比在工地上做工的要舒坦一千倍，我认为这条道可以试着走一走。但毕竟不是自由恋爱，得知在十次的工作里会有两三次需要接待男性客人，我瞬间想起国中时的校长。

校长是个长得很猥琐的老头，头顶已经秃了，只剩左边鬓角唯一一撮头发，还要用梳子把它往右边梳，寥寥几根横跨整个头皮。

当年后桌的一胖一瘦很喜欢拿他打赌。

胖子："给你一百万马币，让你被这老头搞，你同意吗？"

瘦子陷入沉思："务实一点的话，给我二十万马币我就能干！"

胖子惊讶、爆笑，问他真的假的。

瘦子又很认真地思考了一下："嗯，应该能干的。那你呢？"

胖子趾高气扬地说："我至少要八十六万马币！"

他们从背后杵了杵我。

"不干。"我回答。

"那一千万马币你总愿意了吧？"他们俩问。

"这可能不是钱的问题，就算把整个美国送给我我也不干！"

我头也没回。

最后我选择了"保洁"的工作，也就是你们所理解的"杀手"，不知道为什么电视上要这么称呼我们这行的人，入行这么久我从来没有在整个业内听人提过"杀手"这个词，当然我整个职业生涯接触过的业内人的总数并没有几个，大概一只手数得过来。

虽然做久了非常枯燥，但它在某种程度上算是一项可持续性工作，我不知道自己别的能做什么，只能这么先干下去。

当"保洁"的安全系数很高，我从没失过手，也没被警察找上门过，因为一个无冤无仇的人突然对你出手，其实很难有人防得住，也是因为无冤无仇，所以警察根本没有线索，就算出钱的人被抓，他其实也不知道我们是谁，当然就算他知道我们是谁，他也怕我们报复，所以大多都守口如瓶。

我每出一次工所收取的佣金都是五位数，多的时候一个月三四单，少的时候三四个月一单，花大量时间布局只会暴露，每个人头我都控制在三天内，总体还算轻松。

我和内瑟其实没有区别，退学，赚取大把的钞票，只不过选择的职业不同而已。

大排档的虾子和汉堡里夹着的牛肉也都是生命，它们与人的生命有什么区别？没有区别。虾子的宿命是有一天被烹饪上桌，是嫩是老都逃不掉。那些死去的人，宿命也许就是被我杀死，这是他们注定的。我的宿命同理，也可能和他们一样。

我还记得那时的对接人说我有天赋，说实话我不知道我到底哪里有天赋，可能是之前健身了一段时间，并且坚持至今，所以行动力和意志力都比较坚强吧。

这行干了大半年，就快能给奶奶动手术了，但奶奶却从楼梯上滚下去摔伤了。我们家在一个老式居住区，楼龄约有三十年，墙面上连一块瓷片都没有贴，胡乱生长的电线很多钻进了窗户，大部分住户都搬离了这里，只剩下零星几户和扑面尘土。

医生诊断奶奶为盆骨破裂，并建议我给奶奶再做个眼部检查。刚凑齐了治眼睛的钱，现在又要一大笔治疗骨折的钱，那时候我甚至怀疑，这个世界上大概不可能有比医院更赚钱的地方了。

给奶奶花钱，我当然是愿意的。我直接拿出了这半年赚的所有的钱，奶奶住进了很干净的单人病房。她说这里的环境比她一辈子住过的其他地方都要好，但不知道为什么，她还是想家。我告诉她等病治好了我们就回家。那天我还承诺她，我要买一个比这里环境还要好的新房子给她住。她很满意。那晚我在她身边陪床，她很安稳地睡了，却再也没醒。

医生给的说法是老了。

很久之后我发现我想不起来那天早上的任何细节了，唯一记得的一件事情是：原来人可以不痛苦地死去。

读国中时我常看古龙的作品，最喜欢《风云第一刀》，阿飞的剑很快，所以死在阿飞剑下的人大多都不太痛苦，和老死差不多。我也试过让自己出手尽可能快，但发现没用。他们的痛苦不是肉体的痛苦，而是濒死的、绝望的精神痛苦，我不喜欢听到他们濒死前的低吼，也不喜欢看到他们快要爆出来的眼球，所以从那以后，我只从背后杀人。

04

从甘柏到布城开车需要四十分钟，这个时间很适合用来作为工作转场的中途休息。这个司机还蛮识趣的，一路都没有烦我。

车窗外下起了雨，吉隆坡很热，雨天坐在空调车里很舒服，路过中心广场，一座雕塑在广场中间，好像是几年前出现的吧，造型有些怪异。

马来西亚的人口组成很复杂，因此每个人都有各种各样的原则。不知道是不是只有马来西亚才有这样的规矩，每一次出工，李叔都告知杀人缘由，无论是出于什么原则还是个人原因，总之，简单地说一下缘由，也给干活的人有个原则内的抉择空间。

但我的原则很简单，有钱就干，所以告不告诉我理由其实没有任何区别。但李叔还是坚持这样做，想必是以前吃过亏。

"客户希望自己的亲妹妹成为自己的妻子，并且结婚生子，几次被拒之后，他决定杀掉自己的妹妹。"这大概是我这么多年来接过的最怪异的案子了，但是这不妨碍我完成任务并且收钱。

看照片，今天要杀的女孩还挺漂亮的，很像我小时候看的新加坡版的《八仙过海》里的某一个明星，不知道她真人是不是也那么漂亮，有些女孩照片很漂亮，真人其实很木的。

广播电台的DJ（唱片骑师）啰唆完了，收音机里响起了音乐前奏，这前奏很熟悉，原来是阿杜的歌，这首歌我以前很会唱的，但是现在连歌名都忘记了，要听到第一句才能接着往下唱。

人还真是善忘啊，连曾经这么出名的歌都会被人忘记，那究竟有什么是人不会忘记的？

05

车子抵达布城之后，我进便利店买了把伞，然后来到湖心亭对面的咖啡店里。李叔说目标人物每晚十点到十点半之间会经过这条路，现在刚好是十点整，如果她来得没那么早，我也许还能从容地喝完手上这杯美式咖啡。

一阵电闪雷鸣，将黑夜照成白昼，霎时，我看到一个背影，是她！

咖啡见底，我起身，将桌面上的奶精一并装进口袋，随手抹除自己的痕迹，是干这行之后才养成的习惯。

我离她越来越近，做好了所有准备，等待拔枪的时机。我把伞放低，低到能遮住我的脸，向湖心亭走去。她正好从湖心亭走下，我们擦肩而过，又各自走出三步，我心里计算着距离：

"再远一点。"

"再远一点。"

"现在！"

我停住脚步转身，果断拔枪，手到腰间时，她突然蹲下去了。她这一蹲破坏了最佳出手的契机和距离。伞把她包裹了起来，非常不方便射击。又一阵风把伞吹开，让她的背部袒露在外，靶子又进入了射程。食指贴近扳机，李叔打钱的短信提示音似乎在下一秒就要响起。但，我听见了一声猫叫，心神一乱，我没有扣动扳机！一只小白猫闯入我的视野，而她，正捧着那只小白猫帮它清理身上的泥土和树叶。

她的侧脸好美，实在是太美了。

一个身材弱小的女人和一只生命垂危的猫惺惺相惜，这画面，让我心动了。女孩肩膀耸动，冲着我的方向回头，糟了，她该看到枪了！我松开食指，反手托住枪柄，用指力和腕力把枪往空中一抛，枪刚一抛起，我便放低雨伞，这个角度刚好可以遮住她看到我抛向空中的枪，也刚好可以让枪在空中完成抛物线后，不受雨伞遮挡，精准地落在我的左手上。

"咔。"

稳稳接住。

这一切也就是不到半秒钟发生的事情，她必然是没有看到枪的，我抬起了挡住她视线的雨伞。女孩愣住，显然被我的闯入吓到了。我这才仔细地看清了她的容貌，瓜子脸，直直的眉毛，淋雨后掉了色的口红，脸上苍白，她用一只手抱着猫，努力伸长另一只手去捡滑落的雨伞。

我的脚步向她靠近，在她还没拿到自己的雨伞时，我已经将雨伞撑在她的头上。

一个杀手有了情感之后，就变成了人。

"猫有九条命，它死不掉的。"

我率先开口，以防这个善良的女孩被我的突如其来吓到。

"屁啦，你怎么知道这是它的第几条命？"

她笑起来有虎牙，小白猫在舔着爪子，此时的气氛是我想都没想过的。

我杀过许多人，根本没有机会看到他们的笑容，甚至有很多，我连他们的相貌都没有完全见过。

他们也有家庭，也要生活，但我努力不让自己去想这些。

"欸，帅哥，你是不是也经常在这里碰到小白呀？"

她把小白猫举到我的眼前，猫的两只眼睛是异瞳，灵气无比，只是眼角和鼻子处都有污垢，也可能是伤痕，毛被雨淋湿，看起来很丑。

"嗯……"

我看着她，说不出话。

"你养过猫吗？"她问。

"养过。"我回答道。

我还在想下一句要说什么，她竟然起身直接把猫推到我胸前，我右手举着伞，左手背在身后拿着枪。

见我没有伸手接猫，她看着我说道：

"哇，你好没同情心啊！"

趁她说话间，我不动声色地把左手的枪插进裤兜，动作不能快，不然枪要是掉了就不好了。我终于空出左手，把猫抱在怀里。小白猫身上的雨水和她的手指同时碰到我，我的第一感知，是来自她指腹的暖意。

"这还差不多。你就叫它小白好了，反正我都这么叫的。"

她伸手挠着小白猫的下巴："小白要乖哦，终于马上你就有新家了。"

"谢谢你啦，好心人。"

她退出我的伞，撑起自己的伞，边后退边向我和小白道别。

"好好走路啊，注意脚下。"

我应该是开口了，雨声太大，心跳声也有点大。

小猫挣扎着要跳出我的手，我的眼光这才从她的背影移至手中，它的爪子钩破了我的皮肤，痛感让我的大脑突然清醒，我将猫放回路边。

朝前看，她的背影还没有消失，如此显眼的目标，不用刻意瞄准就能轻易击毙。

但她齐腰的长发可能会被子弹打乱。

我没有再摸枪，自从奶奶走后，我不知道日子一天一天地过是为了什么，我杀人是为了吃饭，吃饭是为了活着，活着只是为了活着而已。

转身，我捡起草丛中的猫，终于开口。

她的步伐像是期待了很久，我的声音刚一喊出，她就停住了。

"你吃饭了吗？"我不知道我为什么会问出这样的问题。

她停下了脚步，过了大约五秒才带着笑意回头。

"没有啊！你要请我吃什么？"

06

天亮之前必须下手，否则不仅会有人来替我杀她，也会有人来找我麻烦，因为过了期限就代表李叔失信于人，这是有关生意信誉的大事。

但是杀人的人也是要吃饭的，天亮之前才是截止时间，所以耽误一顿饭的时间，是不影响交差的。老天爷给面子，大雨渐渐地变得缠绵而细密，吉隆坡很热，开着空调的室内果然是最舒服的，不用刻意找话题就可以自然地聊天，即便偶尔沉默了也丝毫不尴尬。

不仔细回想我还以为我认识她已经很久了，她也认识我很久了。

长发。

带着一点雨水的长发。

如果她不是我的目标，我们终有一天会相遇吗？

我在小碟子里倒上酱油，刚要伸手去夹芥末，她却把搅匀的酱油芥末递到我的餐桌前，小白在她怀里睡着了。

我想看清她的脸，她却低下头忙手忙脚地为自己准备芥末酱油。

"我叫李鹏飞，你叫我阿飞好了。"其实我不姓李，这个名字当然也是假的。

"我叫秋楠。"

三文鱼的鲜味，米饭的回甘，酱油提鲜，以及一点点芥末微微刺激脑门，美味至极。

"你吃得很慢，很认真。你一定很喜欢吃寿司吧？"她的眼睛很亮。

"我以前不喜欢吃寿司。"这一次我没撒谎。

"那你现在喜欢了？"她问。

"嗯，现在喜欢了。"

"为什么会突然变成喜欢？"她问。

"我不知道。"

"我奶奶跟我说过，好的饭菜要跟对的人吃才会更有味道，如果跟对的人一起吃饭，粗茶淡饭都能吃出好味道。"她眼带笑意地、有点谨慎地盯着我。

烛光。

这次是我先挪开了视线。

她夹起一块鱼子寿司轻轻地蘸了一下酱油。

"你是做什么的？"她问。

"哦，我是一名歌手。"我毫不犹豫地说谎。

"真的吗？所以你是学音乐专业的吗？"她眨着眼。

"我也希望是，从小父母希望我在银行上班或者做个律师什么的，所以学的都是商科，一直没机会学音乐。"

"这样啊，那你都在哪里唱歌？"她问道。

"说起来有些惭愧，我目前只是在一些小酒吧跑场驻场而已。"

"怎么会惭愧呢？能坚持自己梦想的人都很厉害啊，哪像我什么事都没做过，也没试着去做过……"她有点失落。

"哦？那你最想做的是什么？"我不是随口问的。

"我想到这个世界的每一个地方都走走看看，如果喜欢的话，就停下来生活一段时间，去体验不一样的生活。地球也不是很大，只可惜人生太短，所以要多走走、多体验，才对得起人生这一趟啊。"

从她说话的神情里，我看得出她是真的很向往。

"从这一点来说，我就比你幸运很多，我一开始唱歌的时候……"

我说出了一个，我独自一人背着吉他从新加坡唱到清迈，唱到雅加达，最后来到吉隆坡的故事。虽然我并不会弹吉他，但这是我睡前经常会幻想的另一套人生轨迹，所以阐述得很流畅，也很具体。我的故事是假的，她的笑是真的，她的笑牵动出的我的心跳也是真的。

我道出了许多往来的酒客和那些喝醉了的、哭得很伤心的人的故事。

"要是早几年认识你就好了，那几年的时光，我要是陪在你身边的话，你就不会那么孤独了。"从她说话的神情里，我看得出她是真的很向往。

是啊，只不过这一切都是假的，将来也不可能有这种机会⋯⋯

其实也未必没有机会⋯⋯

寿司！

我赶紧夹了一个寿司放进嘴里，嗯，不蘸酱油果然没什么味道，不过嚼到最后还是有甜味的，日本料理果然不是随便应付的东西⋯⋯

她看出了我在回避，她当然看得出我在回避。

"讲了那么多关于喝酒的故事！不如我们去喝酒吧！"她突然兴致勃勃。

"算了吧！"我说。

"走嘛走嘛，我知道一家小酒吧很不错的！"她眨着眼看着我。

"不去啊，我不喜欢喝酒⋯⋯"

其实我很喜欢喝酒，但是这一顿酒我不能喝，因为我喝了酒很容易变得任性，干我这行，一旦任性是会死的。

07

她喝下了最后一口龙舌兰，原本桌上的半打酒，就只剩下六个空杯了。

"怎么会有男人不喜欢喝酒的？"

是的，我怎么可能在今晚喝酒！

"你是我见过的，最坏的人，最有心机的人！"她有点生气的样子，很可爱。

"我怎么你了？"我应该是笑着的。

"你自己不喝酒却劝我喝了那么多！你一定是想对我干什么！"她说。

"我劝你酒？大姐，这一杯一杯都是你自己喝的，我什么时候劝过你！"我哭笑不得。

"哪有女孩子举杯对你说我干杯你随意，你还真的就一直喝水呀！你这不是灌我是什么？"她理直气壮。

女人若是要跟你讲歪理，你就算有话说，也最好是闭嘴。

这是古龙小说里的原话，所以这个道理我懂。

小白在她怀里睁开眼睛，用爪子扯了两下她的衣服，就又闭上了眼。

她看我的样子知道我不会回答了，于是接着开口道："那么你到底为什么不爱喝酒？是不是有什么难言之隐，比如你因为喝酒妻离子散之类的？"

女孩子的激将法，低劣到可爱。我说："我也不是不爱喝，只是今晚不想喝。"

"你是不想跟我喝吗？我很让人讨厌吗？"她咬着嘴唇。

"那当然不是，可能是你太招人喜欢了，你要知道男人一旦喝酒，很容易失去理智的。"我说的是实话，但是她所理解的失去理智，和我心里想的，肯定不是同一件事。

"失去理智会怎么样？"她朝我坐近了半个身位。

"你说呢？"

"你笑什么？"她问。

"我没有笑。"我说。

"你明明就有偷笑。"她说。

我确实在心里偷笑，她好像能看透我的心。

一个戴着鸭舌帽的男人走进卫生间，吧台边上一个穿背心的印度人在按手机。

危机感铺天盖地而来。

他们当然不是李叔的人，但是他们的身影，让我想起了李叔的声音。

"走吧，我送你回去。"

"……"她刚想说什么，表情就黯淡了下来。

她叹了口气好像又要说什么，但还是咽了回去。

随之，她露出了笑容。

"我从来没见过像你这么没意思的人，不过你的没意思，很有意思，嘻嘻。"

08

雨停了。

这是我有生以来走过的心绪最混乱的一趟路，所以我几乎没有说话。

她也没有说话。在公寓的楼梯口，我把猫递给她，她转头走了，走得很慢。

我明明没喝酒，为什么会有任性的冲动？

她走得很慢。

我已经不可能拔枪了，不知道李叔什么时候还会再派人来。

她走得很慢。

她是不是在等我叫住她，然后约她明天看电影？但是她还会有明天吗？

如果她突然转头约我明天吃饭，或者看电影，我该怎么办？

不能说我该怎么办，而是我会怎么样。

真的就这样放着任由她去死吗？

她果然回头了！

但是她的表情，不是我想象中的眼带笑意，而是哭了。

我想过她有可能说出的一万句话，但绝对想不到她竟会说出这一句：

"如果你真的不忍心开枪，那就带我走好不好？"

杀意一闪而过！

原来她知道！

"如果你实在不愿意带我走，那就请你现在开枪。"她的泪水在往下流，"因为比起明天死在别人手里，我更希望死在你手里。"

月光冷清清地照着她，她在风中摇曳。

这不可能是她为了逃生而蓄意搞的阴谋，因为她确实把性命都交到我手里了。就算这是她为了逃生而蓄意搞的阴谋，那又怎样？我所体验到的憧憬和心跳，已经是真的了。

冰冷的枪已经被我的体温焐暖了，所以我已经感觉不到它还顶在我的腰间，不过这也已经不重要了，因为我今天是不会再碰它了。

我突然觉得很舒服，因为眼前的这个抱着白猫的女孩，已经让我做出了最困难的决定，我知道此刻我是快乐的，虽然这份快乐不知道能持续多久，但比起漫长的只是为了活着而活着的时光，这份快乐哪怕只能持续几天，都是划算的。

古龙说的是对的：
一个人生命中最重大的改变，往往都是在一瞬间决定的，
正是因为这种感情太强烈，所以才会来得如此快！
——爱情本就是突发的，只有友情才会因累积而深厚。

09

三年如梦，清迈的阳光很好，秋楠拽着被子不肯起床，抱着小白在被窝里要赖，平时不常下厨的我，很想展现男人的居家特质，但是鸡蛋还是煎煳了，因为我忘记往锅里下油，我把那顿碳化的料理丢进垃圾桶，在秋楠的骂声中下楼买早餐，小白跑去阳台吃饭，打翻了水碗，秋楠穿着我的睡衣边帮它擦爪子边恐吓要丢掉它，打包到家的皮蛋粥还没有凉，我钻进她的被窝，拿起遥控器偷偷换成新闻频道……哦，对了，我并没有学会吉他。

一个女人要出门，能拖延的极限究竟是多久？

这是我三年来反复思考的问题，从她说要出门开始我就打开了美

剧，两集美剧看完了，我才听到她说："可以走啦。"

这就叫经验！

下午三点半，我终于启动了汽车引擎。秋楠打扮得很美，她很开心。因为她很开心，所以我也很开心。

"你看这个碗怎么样？四平八稳，小白一定打不翻！"秋楠站在超市里，手里拿着一个不锈钢碗。

"这个碗是给狗用的。"我说。

"又没关系，反正是碗嘛。"她揉了揉怀里的小白，对我说，"你看它这么白痴，哪里会介意这个碗是不是给狗用的？"

小白打了个哈欠，懒得理她。

一个穿着短袖衬衫的男人在我背后挑选牛奶，一个绑着脏辫穿着短裤靴子的男人正在埋单。他们当然不是李叔的人，但他们让我回想起了李叔的声音。

"不知道特价的牛肉是不是肉质比较差？"秋楠拿起了冰柜里的一块特价牛排说。

"应该不会吧。"我回过神。

"那它为什么比其他的肉卖得便宜？"秋楠问。

"应该是竞争，现在清迈超市那么多，所以每一家超市都会推出一两件物超所值的东西来吸引大家，然后就像我们这样消费一堆，最后其实它还是赚钱的。"我说。

"网上说要做这道牛排还需要欧芹，不知道泰国有没有卖？"秋楠道。

"有，我刚才看见了。"我说。

"看见了你为什么不拿？"秋楠说。

"我哪知道你要欧芹啊？"这句话到了嘴边，但我没有说出口，因为我试过几次和她讲道理，但最后的结果都不如直接沉默。

10

我们住的公寓很旧，楼梯是老式的、涂着绿色油漆的那种。楼梯拐角处，水管有点生锈，有点漏水，渗得墙上一片黄黑，有些地方还长出了青苔。公寓一层有七户，我们住的是第五户，所以每次从楼梯口走到家都要路过一个走廊，而每次路过这个走廊都是我最开心的时候。

每一户门口像往常一样，插着各式各样的小卡片，我家门上也插着卡片。

"嘘。"

我示意秋楠停下脚步。

我家门上今天的卡片插得比较深，显然是有人从门里把卡片按在门框上，然后从里面关的门，家里已经有人！

这并不是我们第一次遇到追兵，所以秋楠也并没有惊慌失措，只是小心翼翼地跟在我身后。李叔的马仔真多啊，我已经杀了那么多了，他还能派得出人啊。

我轻轻地敲了敲隔壁邻居家的门，开门的是印度人家的女儿。

"嘘。"我比画了个手势，她轻轻地打开门，我和秋楠轻轻地走进了她家，秋楠谨慎地关上门。我穿过客厅，打开冰箱，在她家的冰箱里，那个只有我才知道的地方，我翻出了两把枪，我把其中一把交给了秋楠，同时悄无声息地用手势对印度一家人致歉。到底是致歉还是再见，我和他们都不知道。

楼道，我带着秋楠面对着那个再也回不去的新家，缓缓后退，退向来时的方向。

也许是他们等得太久，也许是察觉到了异样，终究，门还是开了，我的家门口伸出一只手，一只拿着枪的手，我把秋楠按向身后，紧贴墙壁。对方率先开枪，子弹打进走廊另一边的墙壁，带出墙壁的灰尘。听到子弹入墙的声音，我确信不会有跳弹的威胁。秋楠举起枪，枪口对着出口的方向。我的余光里，小白用爪子钩住了秋楠的牛仔衣，好像很怕我们丢下它一样。

开枪的人冲出了我的家门，我枪口对着那人，朝着他的脖子动脉处，火光一闪，溅出的脏血让其余两个人更加愤怒了，子弹掠过我的左臂，我感受到一阵滚烫。拼火力我应该是拼不过了，他们手里还有枪，就算命中率再低，也总有一颗子弹会击中我，于是我只好把目标转移到家门前那个糟木头奶箱上。我空开两枪，他们本能掩护，我操起木箱，带起碎片和尘土，朝他们脸上扑去，他们果然本能地伸手去挡，趁着这个空隙，我左右各一枪，打在他们的手腕和胸口，解决一个！近战，枪是没有优势的，剩下的一个用没中枪的手朝我挥出一个摆拳，我扛住一拳，抓住手臂，过肩摔，他还没来得及爬起来，他的颈已经被我的胳膊肘钩住，我用尽全力钩着他的头，往墙上撞去，刹那间，墙上多了朵花。

我的背后响起了几声枪响，秋楠正以跪姿朝楼梯口开枪，从背后包抄的两个人被秋楠逼得没有空隙出手。他们一定以为这次只要对付一把枪，绝不会想到秋楠已经被我训练成了枪手！

我朝着秋楠开枪的方向瞄准。一枪，倒地声；再一枪，又是一声倒地声。

我和秋楠举着枪，沉默。

彼此的呼吸声，微弱的街道上的行车声，小白发抖的声音。这栋楼里，已经没有要杀我们的人了。

是时候离开这座城市了。

11

时速六十千米，我开着摩托车，公路上车辆稀疏，道路两旁是一大片杂草。

秋楠紧紧地抱着我坐在我的背后，小白被塞进书包里，夹在我们俩中间。我们没有戴安全帽，因为清迈的空气真的很新鲜，而这大概是最后一次呼吸清迈的新鲜空气了。

"接下来去哪里？"背后传来秋楠的声音。

"如果走得出清迈的话，去中国吧，中国应该是全世界最安全的地方。"

"听说要把动物带进中国很麻烦的。"秋楠担忧地说。

"麻烦都是可以解决的。"我说。

"你想好去哪个城市了吗？"秋楠问。

"去福建吧，厦门，或者泉州。奶奶跟我说，我祖爷爷是泉州人，后来是从厦门偷渡去的吉隆坡。我们回福建生活，也算是落叶归根了。"

"嗯，如果有机会，我们去拜你家的宗族祠堂。"秋楠说。

"好啊，但是我既不认识我爸，也不认识我爷爷，找起来可能会有点麻烦。"

秋楠笑了，我也笑了，风轻了，她笑累了，我也沉默了，沉默着，秋楠跨下了摩托车，一步步走向公路边上的草丛，她走得很慢，她一边走，一边打开反背在胸口的、装着小白的双肩包，她把小白抱了出来，找了片相对平坦的草丛将它放下，小白轻轻地对她叫唤。

我不敢看，所以望向远方。

当她独自走回来的时候，眼眶是红的，我打开椅座，取出一把微型冲锋枪递给她，她接过，然后稳稳地坐上了后座，小白就这么一直蹲在她放下它的位置，我猜它应该是看着我们的，我还是不敢再看它。

小白，保重。

12

时速七十千米，她抱我抱得更紧了。

"你说，以后我们有了女儿，就给她起名字叫小白好不好？"她在我身后说道。

车速越来越快。

"好！"我回答。

时速九十千米。

"咔！"

这是她给冲锋枪上膛的声音，我把油门加到底，时速一百一十千米，但还在飙升。

我和秋楠背对着清迈的夕阳，迎着风，冲向我们早就预料到的、黑压压的未来。

有"爱"的包裹，我们无坚不摧！

【下】

01

有人说猫是有灵性的，只要经历过一次真正的心痛，我们就能瞬间知晓世间万物。

这句话，我原来也是不信的。

自从我有记忆以来，我的猫生中受到过无数次嫌弃，记忆最深的有两次。

那时候我还不到一岁，他提起我的后颈，把我放在草丛里，我从他的手里挣脱，想对他说：你这样捏我，我很不舒服哪。他叹了口气摇摇头，把两个圆圆的盘子放在我面前，一盘是水，另一盘是一块鸡肉，嗯，鸡肉还带着骨头，从那以后，我就再也没有见过他了。

我想我是被嫌弃了，不过还好，我也没多喜欢他，否则现在也不会想不起来他的样子了。

陆续有人类路过这里，他们和他很像，笑着凑近看看我，然后起身走开。直到周围的草丛被踏平，她出现了，第一次，她和那些人一样，只是凑近看我，好奇的眼神在我身上停留了一会儿，大约是树叶从树梢落到地面的时间，她转身走了。

我记得那时，我看对面墙上阳光很好，很想去那边晒一下。但是还要站起来，还要跳，想到这个就觉得实在是很困哪。

她回来了。

她托着我的肚子把我抱在怀里，用一片湿软的白白的东西给我清理脸上的污垢，她笑起来的时候有尖尖的牙，要不是她那么大个儿，我肯定以为她也是猫。她的毛发很长，我见过的猫有两种，一种是短毛，另一种是长毛，她属于长毛，哎，这种毛舔起来很费劲的。

她通常在给我送完吃的以后会绕着湖边一直跑，有时我有了兴趣，会跟着她跑一跑，有时她站停，嘴巴动一动，发出一点儿声音，我是不会帮她舔毛的，因为太长，但她也没主动帮我舔毛，真的是很奇怪。

她来过很多次，每次都会给我带些吃的，我很想跟她走，可我没说。

那天晚上下了大雨，路上的人少了很多，每一只人类都把一把圆圆尖尖的、弧形的东西举在头上，脚步声很大，朝公园外走去。我记得那天早上一个小男孩递给我一片香香的肉，我留了半个给她，我猜她不会来了，所以我决定自己享用。

雨声很大，突然变小了，是她把圆圆的弧形的东西举在我头顶上。同她一起出现在我视线里的，还有一个全身黑黑的男人，他的前爪和上身被挡住了，我只能看到他的后爪，离我越来越近。

雨很大，风一下子吹走了我们头顶上的东西，她还在帮我清理身上的树叶。

"喂，你后面有只人哦！他在靠近你哦！"我大声对她提醒道。她听了我的提醒，转头往身后看去，那个男人把爪子上那个散发着危险的铁的东西往头顶上一抛，然后用背后的爪子接住！

哇！好好玩的样子！

男人又走近了一些，他稍微偏了下头，似乎看到了我，他突然把手收了回去！

她站起身，将我捧起来放在男人手上，男人看了看我，眼神比我见过的任何一只猫都呆。

他似乎没有要带走我的意思，他把我放下走掉，又折返回来捡起，我的心也跟着一起一落，我不想被他带走，因为他太呆了。

然后我就睡着了，醒来的时候我在一个人类吃饭的地方，那里空气凉凉的，很舒服，他们不停地互喵，我不明白人类为什么那么不爱睡觉，但是他们不睡觉，不影响我睡觉。所以我又睡着了。

再醒来的时候他们换了个很吵的地方，她的眼睛和脸颊红红的，两个人类还在不停地喵，好无聊，想尿尿。

后来他们在月光下互喵了几句之后，她的眼睛下雨了，雨水还滴到我身上。
好烦啊，我真的尿急哪！

他们坐上了车之后，我好声好气地对他们说：
"喂，本公主想要尿尿，赶快去准备沙子。"
他们一直没有说话。
他们一直没有说话。
他们一直没有说话。
我不管了。
尿在了她身上。
谁知道他们居然笑了。
是不是神经病？

我们登上了一个木头做的、长长的、弧形的东西，在海上漂了好几天，大海一望无际，真的很恐怖，特别是晚上，我都不敢往外看，万一掉下去怎么办？

幸好他们准备了我最喜欢吃的饼干。
他们动不动就碰碰嘴巴，有时候还给对方舔毛。

抓住蟑螂，再放掉，再抓住，超好玩。
睡在他们两个中间，超舒服。

新家的墙是米黄色的，没有香香的味道。

这个地方的天气比原来那里更热了，不过好处是他们每天带回来的铁罐里，都装满了我最爱吃的沙丁鱼，紫色罐子里的鱼比黄色的更鲜一点。

我是在这个家里学会跳很高的，可以跳到她头顶那么高！

但是在这个家睡觉不怎么舒服，他也是，因为睡觉的时候，她都压在他身上。
我也被她压过，真的很重！

我们又登上了那个木头做的、长长的、弧形的东西，不过这次这只，比上一次的大很多，上面也有猫，不过身上有白色和黄色，脸上还黑黑的，很丑。

02

你相信猫会不怕出海吗？

我就是，因为我一共出过八次海，所以习惯了。

每一次登陆后我都会住新房子，然后他们都会很开心，然后没过多久就会有人来袭击他们，然后来的人会被他杀掉，然后他会点一根烟，然后我们就会再一次出海。

八次，差不多都这样。

走进每一个新家，她都是微笑着的，好像只要她身边的人是他，身边的猫是我，就一定会很开心地笑。

好几次，趁她不注意他都想喂我吃人类的东西，我刚把鼻子凑过去闻，他就会被她训斥，他朝我吐吐舌头。

她跟我学坏了，我身为猫，喜欢被人抱，她竟然也要抱！不过原谅她吧，因为他抱她，她抱我，虽然很热，但是我很喜欢。

伸懒腰超舒服，跑来跑去超兴奋，睡觉超舒服，鱼肉超好吃，阳光超舒服。

现在回想起来，其实这一切的惬意都和他们有关系。

因为有他们在，所以我的心里没有恐惧，当一只猫没有了恐惧，那猫生里的一切都会变得超惬意。

虽然不是第一次和他们一起经历战斗，但是真的遇到他们人类搏斗其实还是会有点小害怕，他当然又赢了，而且比上次好，这次他没有受伤。

又要出海了吗？

上个礼拜在楼下看见另一只小白，我还没来得及认识他呢。

算了，天涯何处无小白，最重要的是我们三个要一直在一起，每天晚上都能他抱着她，她抱着我。

这次我们坐的车是两个轮子的，黑黑的，太酷了，如果要我选，我肯定要坐在最前面，风再大也不会被吹走的，因为我身后的人可是他俩呢！

可能出于安全考虑，我没有被安排在第一排，我被装进包里，他们把我夹在中间。

嗯……好挤好温暖。

我以为我到海边了，但不是，他们停下的地方不是海边。她捧着我把我放回了一个曾经我很熟悉的地方——一片草丛。

虽然这里的草丛软了很多，可我睡了三年毛茸茸的地毯和床，草丛的潮湿让我不适应了。

我又不想上厕所，为什么要把我放在这里？

就算要上厕所，我也只上干干净净的猫砂。

我告诉她："喂，我没有想要上厕所。"

也不知道她听到了没有，她跪下来，俯下身子，咬了咬我的耳朵，适中的痛感，这是妈妈的感觉，她的呼吸让我慢慢安定下来，接着她掏出了一罐紫色的沙丁鱼。

那是我的猫生中第一次对沙丁鱼不感兴趣。

03

她还是走了，他们的背影消失得很快，我等了很久，很久。

我很怕他们回头来接我的时候找不到我，但是，他们没有回头来接我。

有人说猫是有灵性的，只要经历过一次真正的心痛，就能瞬间知晓世间万物。

这句话，我现在终于信了。

原来，那些圆形的东西一个叫碟子，一个叫罐头；原来他们取给我的名字叫小白；原来，她用来在我脸上磨蹭的、湿软的、白白的东西，叫湿巾。

和她在一起的时候，我经历的很多场来自她眼睛里的大雨，原来不是雨，而是泪水；原来每次出海，我们乘坐的东西，叫作船。

在船上，在家里，他抱着她，她抱着我，那种暖暖的感觉，叫作爱；我也终于知道，那个可以撑在我的头顶给我挡雨的，不只叫雨伞，还叫秋楠。

嗯，这就是我的故事。

好困哪，我要睡觉了。
晚安。

Part 5

毒 ● 贩

我举起手，摸了摸他的头发，顺了顺他的背，他很瘦，我想好好活着。

人一旦碰了毒品生意，下场就只有两个，一个是死于非命，另一个是生不如死。阿杰以前以为自己大不了成为前者，只可惜他在这世上还有牵挂，但凡有牵挂的人，往往都会变成后者。

吉隆坡，深夜。

夜市收摊后，满地狼藉，阿杰一瘸一拐地走到一个路灯不那么亮的地方，才站定点了根烟。他不喜欢有光的地方，从几年前开始，他就不喜欢有光的地方，因为他怕被人认出来他是阿豹，那个曾经走到哪儿都会被人叫一声"豹哥"的阿豹。当然，他自己也知道这种考虑是多余的，这么多年，他自己都快认不出那张水肿得跟卤猪一样的脸，怎么可能有别人认得出来？

烟头在暗夜里忽明忽暗。

阿杰用右手拿烟，他的左臂衣袖居然是空的，是的，他早就没有了左臂，就在那次送货，他把上乘货调包成次品的时候，他的左臂就已经注定保不住了，很悲哀吧？好在他自己并没有太大的感觉，因为从他接触毒品的那一刻起，他的生命就已经走向了残缺；超脱常人的欢愉，超乎想象的苦难，每天反复，每年反复，到最后剩下的就只有茫然。他深吸了一口烟，环顾四周，来取货的人还没到，他想了想，掐灭了烟头，突然有些慌张地把手伸进上衣口袋摸了摸那包白粉，确认了它还在衣服口袋里才算是放下心来。

再有五分钟还不来人，他就必须得走了，因为拿货不准时的人，虽然有可能是迟到，但也有可能是黑吃黑，或者是警察布的局，这谁也猜不准，他宁愿回去被打几巴掌，挨几脚，也不愿意被黑吃黑，或者被警察抓到。

"哎！"男人的声音洪亮，"长毛叫我来拿东西！"

阿杰被吓得差点跳离地面。

"大哥啊，我这又不是卖手机，你叫那么大声是不是想提醒别人赶紧报警啊？"
男人的声音还是那么大："长毛叫我来拿东西！"
阿杰慌张地说："你能不能小声点啊，我求你了！"

男人好像根本听不懂阿杰的话："长毛叫我来拿东西！"

这家伙原来是个智障！阿杰赶紧比着嘘声的手势，把衣服里的那袋白粉塞到那个智障手里。

东西一旦给到，无论是被抓、被抢，还是自己丢了，那就再也不关阿杰的事了。

那个男人拿着货，往来的方向走，阿杰转了几个巷子，走到了人多的地方。

"以后这个长毛的货是不能再送了。"这是阿杰心里面的想法，一个敢派智障出来取货的人，就凭着这份嚣张是迟早都要出事的。

"希望出事的那天，他能死得痛快些吧！"

这是来自阿杰心里的，衷心的祝愿！

人总会在某些时刻，对一个与自己毫不相干的人产生怜悯。可能是长毛那种嚣张的感觉让阿杰回想起了，那些大家还叫他"阿豹"的日子。如果让阿杰再选一次，他更希望趁自己还有勇气，还有尊严的时候一死了之，也不愿意活成今天这个样子。

【上】

01

我用手肘砸开一楼的窗户，碎玻璃像狗牙一样尖锐，他们的枪口，离我只有一个转角的距离。根本来不及找器械，剩下的玻璃只能徒手砸了。比我想象中要痛得多。先把包丢进去，否则包一旦划破了，我可得损失不少钱！窗口实在小，每逃出一寸，碎玻璃就在我的皮肤上划烂一寸，实在痛！这批货卖了之后我一定要大吃大喝！大吃大喝！楼梯比我想象中要窄，也比想象中干净，没有垃圾桶之类的东西能拿来砸他们，一旦被枪口对上，也没有任何躲闪的余地。

"咣！"

"咣！"

"咣！"

这声音是他们砸碎了剩下的窗户，一分钟之内会被追上！实在没有什么好的对策，先往上爬吧！

这楼只有十四层，再爬要到顶了，到顶就死定了！

随便进个门再说！

就这间！

我稳了稳神，用手肘在门上砸了三下。粗略计算，楼下的人还有四十五秒才能赶上来。

门开了，门把手转动那一刻，我屏住了呼吸。电视机的声音传出来，房间门先开了个缝。我用右脚抵着门缝，手臂突然用力推门，开门的小子还没反应过来，我的半个身子已经进去了，他这才意识到要关门，可惜我已经出手了。我用小臂死死箍住他的脖子，他的脸瞬间憋红，四肢开始不安分，像只被掐住了脖子的小猫，我拿出枪朝他头上一指说：

"关门。"

枪口是很冰的，所以他变得极其配合，他伸手轻轻地把门关上，喘着大气看着我。

"嘘。"

我用食指堵住他的嘴。他的鼻息很重，颤抖着，吹得我的汗毛发痒。这是个很干净的房间，除了他之外没有别人，有的只是浅蓝色和白色的墙壁、木制的桌凳，以及印了小熊头像的床单，干净的氛围让我暂缓一口气。我一边掳着少年，一边稍稍拉开门缝，他们果然已经到达十楼！那团黑影正在一家家敲门找人，在我的一点钟方向，他们先是轻声敲门，门开之后，我看到为首的瘦子还稍稍弯腰点头示意，当我还在纳闷贩毒的人竟然如此礼貌时，枪响了。瘦子关门出来时，轻轻甩了一下小腿，脚再落地时，踩出一只血脚印。被我按着的少年多半是第一次见到这样的场面，他全身开始激烈地抖动，试图挣脱我。而我果断将门反锁，贴着门听着沉重的脚步声——他们朝我们的房间走来了。

我再次捂住他的嘴，让他不要发出任何声音，并将背包打开，放在进门就能看到的地方。背包打开的缝刚好能看到袋装的海洛因，他们的视线必然会被它吸引，只需要半秒就够了。少年还算机灵，他知道我的意思是要他开门，再用诱饵引开敌人的视线。我的手心嵌着玻璃碴儿，手臂的伤口划得很深，战斗力至少丢了五成，但如果有诱饵，那对付起来应该不成问题。

"咚！"
"咚！"
"咚！"

我对他点了点头，此时的我们，算得上是战友吗？门开了，他们的视线果然被吸引到那一整个背包的白色粉末上，就这一晃神，我的子弹已经打进了第一个人的后脑，剩下的两个人反应确实称得上非常敏捷，但人的动作又怎么会有子弹快？

两声闷响，他们倒地。

世界安静得像是换了层面纱。

我再次看向少年，他已经被吓傻了。他右侧的脸颊沾上了血，这么漂亮的脸蛋，染了血确实破坏美感，我想伸手帮他擦血，才发现自己的手上也全是血，无奈，我只好用肩膀冲他示意，因为只有那里的衣服干净。

"喏，脸上的血，蹭干净。"

他回过神来，先是瞪我，但我手上有枪，枪口还在冒烟，所以他还是乖乖地把脸靠近我的肩膀。

少年的身高只到我的脖子，他稍一偏头就能蹭到我的肩膀，难得一个男人的头发没有头油味，他的脑袋左右晃着，脸使劲贴着我，一下又一下，很像一只猫在撒娇示好，如果这时有警察寻着枪声找上门来，此情此景大概可以瞒他们好几秒钟。

我重新拾起那个背包，但还是对他举起了手枪，做毒品生意久了就知道，人与人之间不会有绝对的信任。

每个人都是敌人，每个人也都是朋友，这个道理没人比我更清楚。我摆摆手枪，让他回去坐在沙发上，他看着我的眼神很无辜，脸颊上的血没擦干净，反倒是晕开了，如果他是个女人，应该比较适合涂胭脂。

事关我的性命，我必须盯着他的一举一动，以防他逃跑或报警。

他直直地坐着，以十秒一转头的频率盯着地上的人，我一边整理背包，一边擦拭我进屋后碰过的地方，听说马来西亚皇家警察确实有侦查指纹的能力，虽然我不认为是真的，但小心点总是比较好的。

忘了是从第几分钟开始，我觉得肌肉酸胀，身上的伤口火烧般疼痛，我想坐在他的白椅子上休息。可能是适应了这里的布局，我竟很想栽在他的床上睡一觉。我再看向他时，他托着腮靠着沙发，好像也忘了自己在几分钟前还被枪指过头。

必须走了，毒贩没有再来，那就是警察要来了。我举枪胁迫他帮我干最后一件事——开门，确保门外没有人。每一种可能性我都要考虑到，哪怕忽略一丁点，都有可能命丧于此。他对我很无语，径直走向门口，将门敞开，看到门外空空如也，我才把枪收起来。

…………

他的死活，关我鸟事？

…………

"你最好离开这里，不然你会死的。"我居然还是开口了。

少年木讷地看着我，有些不明所以的味道。

"你想不想死啊？"我直接问。

"不想。"少年下意识回答。

"不想死就走啊！"

他好像被我吓了一跳，他反应了一下开始回房间收拾东西，他的动作很轻很慢，我居然很想叫他帮我叠衣服。

"收什么收？走啊。"

我一脚踹开他正在收拾的东西，拽上他，夺门离开。

02

我记得刚上车时，他抬起头看我，表情里竟然有笑意，这让我有种我是真的救了他的错觉。这种表情是不是在讨好？怕我杀了他？

"怕吗？"我问。

他皱着眉摇摇头，乖巧的长相让人觉得可信度很高。

"我开远一些，你就可以走了。但千万别回去，最好离开这个地方。"

接着，我踩油门开了几条街，停下来时，久违的放松让我全身瘫软，我半靠在驾驶位上，深呼吸，很舒服，他的身上居然有香水味，还是体香？

手里的枪也是时候放下了，只是收枪的过程不太顺利，血是有黏性的，枪又握了太久，伤口与手枪粘连，硬取下来，伤口会重新被撕开，肉里的玻璃碴儿也会跟着手枪一起抽离，今天实在倒霉！眼前，凶悍的我一副痛不欲生的表情，毫无武力值的他反而表情淡然，怎么看气氛都有些尴尬。

"你受伤了，我学过包扎的。"

如果刚才他露出笑容是为了讨好，那现在主动帮我包扎的行为又是为什么？我猜不透。

"你等我一下，对面有药店。"他说完话居然打开车门，做出一副走向药店的样子。

他居然真的跑进了药店？要什么把戏？

他进药店十秒了，肯定是在报警了！我当然直接踩油门，反正我的车牌是假的。车子才缓缓启动，他居然从药店里跑了出来，我轻轻踩下刹车，尽量让车子停得缓慢，看上去像没有动过。他左顾右盼，径直跑向马路对面。不管他要干吗，现在直接走，是绝对没有错的！

我踩油门！

往他的方向望去，他居然又进了另一家药店！

你相信缘分吗？

我以前是不信的。但是就从我把车开回去的那一刻起，我信了，其实我是不想开回去的，但是我又想开回去，我以为我更倾向于不开回去。但车子确实在我的控制下回到了他刚才下车的地方。

"你为什么回来？"他居然有点生气，居然在生我的气？

"上车再说。"他笑了一下，坐上了后座。

之后便静静地翻找手里的塑料袋。

"就算你想偷跑，你这样的形象逃不了多远吧，恐怕也逃不出五百米吧。"

过于紧张时会让人自动忽略身体的变化，所以身上总会出现莫名其妙的淤青，至于形成这些淤青的原因，我根本毫无印象。低头看，左边脚踝处出血，一直流进鞋里，两只手臂都有不同程度的划伤，最深的一处里面还嵌着一大块玻璃片，手上的血把掌纹都铺满，就像戴了副红手套……当我看见他把纱布、碘伏、镊子一一摆出的时候，这才算是对他有了一丁点信任。

为了让自己的伤情不过于招摇，我只好任他清理，他很自然地捧起我的手，用镊子将里面的玻璃一片一片夹出来。

每一次毒品交易的后果我都会考虑周全，这能让我做事时比别人多一些筹码和退路，并且相对冷静。然而我从未想过会在中途遇到今天这样的状况，一个用枪威胁别人生命的人，竟然让被威胁者给救了！大概是我太遵循以前的做法，事先背好了死板的答案，导致真的有无法预料的事情发生时，我失去了思考的能力。

他从我的一只手换到另一只手，头始终没有抬起过，我凝视着他的五官，类似女人的阴柔，又比很多涂满化妆品的女人看着舒服，这是我交往过无数女人所获得的独家话语权。此刻，我的心脏快速跳动，是不是因为我从没有亲身经历过这种可能性，才会心慌成这样？

手臂上的玻璃片扎得很深，镊子和它摩擦力又小，他尝试了几次都没成功，每一次夹取失败的痛感倒是都大于上一次。当他再次想尝试时，我本能地往回缩，他强制拉回我的手臂，把镊子往伤口里插得更深些，这次他使劲一拔，连同着血丝一起出来的玻璃片让我痛得呻吟，他一边撕扯着纱布，一边对着伤口吹气："不痛不痛不痛啊，乖。"

温柔。至少有二十年，没有人用这种语气对我说过话了。

"你……是护士？"

"不算……我姐姐是护士。"

"轻一点啊！你姐姐不是护士吗？"

"是啊，但我又不是。"

情绪，不知是该气还是该哭，最后竟然笑了出来。

他也一样，对我眯起眼睛的时候，比我见过的大多数人都好看。最后一个伤口处理好，太阳已经下山，有一种什么东西将要落幕的感觉。少年慢吞吞地收着包扎后留下的垃圾，一卷纱布被他缠好了拆开，拆好了再缠，反复几次，我怀疑他是个完美主义者。我意识到应该要从这种状况中脱离了，是时候说再见了！

"欸？对了，这附近一个大排档的濑尿虾很正点，请你吃饭，算是感谢你。"

这话是我说的。

"好啊！"

他回头看着我，接着就看见他把那卷缠了半天的纱布很随意地塞进袋子里。

如果该分别的时候还没有人开口说再见，那一定是因为他们都想留下。

03

到地方的时候，太阳已经完全落下了。我几乎跑了一整天，自然顾不上那么多，上菜的姑娘端上一盘椒盐濑尿虾，我抓起来一只就往嘴里塞，蒜香裹住了整个味蕾，我突然想起来，我边上还有一个人！但我的手上已经全是汁水，再去挽救形象似乎也晚了。好在，他也开始用手拿着吃了。

"敬你！"

我拿起一杯溢出来的啤酒，喝干。杯子见底，他也握着酒杯向后仰头，纤细的手臂和滚动的喉结，比刚刚入喉冰镇的啤酒还要清爽。

右口袋里的电话响了，他很自觉地将纸巾递给我，接过纸巾的一霎，我有种我们早已合作多年的感觉。

千篇一律的恐吓。

"东西本来就不是你们的，现在在谁手上就是谁的。"

周围人太多，我压低声音，盯着放在身侧的背包。

他看了我一眼马上把头重新低了回去。

"别放屁了，货在我这儿，现在我说了算，你想好价钱再聊吧。"我挂掉电话，低头看到碗里有两只饱满的虾肉。

"我不饿的，中饭吃得晚。"他抬头看向我，手指已经布满汤汁，往我碗里送虾肉的动作非常自然。

"等我把东西卖了，然后我们离开这里。"我大口地往嘴里塞着那些虾，用力嚼碎。

"二乙酰吗啡，性状白色结晶粉末。"

"轰"的一声，我的脑袋炸开，有种面前的人就是警察的错觉。

"你又怕啦？我只是大学里学了化学。"

"化学？那你能制出我的东西吗？"

"不能。"

"那你会制什么？"

"炸药。"

这个笑话，很好笑，所以我们都笑了。

04

这是一间没那么豪华的酒店，位置在六楼，这一天过得太累，我吃完晚饭除了就近找个地方睡觉，别的什么都不想干。

从我进门后他就一直跟在我屁股后面，脸上的笑意一直没停过。

"唉。"

他伸出一根手指杆我。

"你会不会变成好人啊？"他问道。

"为什么这么问？"我反问，看着他，他的脸好像红了。

"就……觉得好人不会有危险。"他低着头。

"啊，你对你所有的……朋友，都这样关心吗？"我不知道自称为他的朋友，这种称呼对不对，不过感觉倒是挺亲近。

他低着头，良久，才抬起头，嘴唇动了几下都没说出话，我一直在看着他，他深吸了一口气才说："我不会治啊……"

他的声音拐了好几个弯，因为声音小，才勉强撑住，头又埋了下去。

"治……什么？"我问他。

"你肯定会受伤啊，可我不会治啊！"他的声音很轻，轻得听得见他逐字逐句的话语。

他不会哭了吧？

他难道在担心？

"哭什么？你这样很娘耶。"

他没有说话，但我还是能听到他越来越剧烈的呼吸声，他真的哭了。

我又一次把肩膀伸给他。

"蹭干净。"我说。

他猛地把脸埋进来，鼻涕、眼泪都蹭到我身上，很痒，我笑出来。

我举起手，摸了摸他的头发，顺了顺他的背，他很瘦，我想好好活着。

浴室的水声很大，越来越大，越来越大。

从浴室出来时，他的衣服穿得歪七扭八，卡其色的裤子被身上的水打湿，一块深一块浅，裤缝都偏到大腿前侧去了，看他脸色绯红的样子，他一定是在浴室里忍着热气把衣服套上的。

"明晚我把东西卖了，你跟我走，回老家，看我妈。"

我拿起桌子上的酒灌了一大口，想要抑制住一些从心口跑出来的东西。

他又笑了笑，没有说话。

05

第二天我醒得很早，我第一件事就是拆了身上所有的纱布看一看伤口愈合的情况，这决定着我能不能再继续我的工作，虽然那根本不能叫作工作。

一些伤口较浅的地方已经结痂，深一些的出于天气原因稍微化脓，为了测试它们是否痊愈，我硬是挤出了血丝，它们看起来还是很严重，药是必须换了，他可能还要再陪我一段时间。

得出这个结论，我有些亢奋。

他坐在客厅看电视，虽然场景不同，但他给我的感觉好像我只是在他的小熊床单上睡了个午觉。

他拿出装满药的塑料袋，重复着昨天的动作。

"喂，你杀过人吗？"他突然问。

"嗯。"我回答。

他继续擦着药："你是怎样……变成了今天的样子？"他继续绑纱布，动作很轻，很暖。

故事太长，太残酷，没有酒，我说不来。"缺钱，所以碰了一次。然后就脱不了身了。"

"真的没办法脱身了吗？"他问道。

"有，离开马来西亚。"我说。

"都打算好了吗？"他问。

"嗯，这个礼拜把这批货出手，然后就走！"我说。

"那你的伤……"他紧张地说。

"所以你要跟我走！"我是故意不等他说完就开口的。

手臂上的纱布被松开，同样放松下来的还有他的表情和呼吸声。

06

我们再一次睡醒已经接近中午了，算一算在这家旅馆已经待了十二个小时，听说皇家警察已经可以通过手机信号来找到犯人的位置了，所以这个地方不宜久留，因为那帮家伙家大业大的，说不定也掌握了这个技术。

他坐进副驾座，把我们唯一的行李——医药袋，丢到了后座上。

"接下来我们去哪儿？"

"去买一些日用品备着。"我说。

"为什么？"他问。

"因为日用品齐全的、能住的地方，现在都已经不安全了。"

他像是明白了我说的话，轻轻地应了声："嗯。"

已经忘了多久没有中午出门了，太阳还真是大，前几年我一直以为吉隆坡可能是转凉了，现在看来也许是因为我真的太久没有中午出门了。

"你去吧，我在车上等你。"我对他说。

他其实很容易看得出我大概对买日用品这种事不感兴趣，所以他没说什么，像昨天一样，丢给我一个背影，不过这一次他走得不急，因为他知道，这次我不会走。

等人这种事情很无聊，我想抽烟，但闷在空调车里抽烟会把车里的空气弄得很差，但是外面实在热，开窗抽会让车里的冷气跑掉，下车抽又可能会流一身汗，纠结了半天，最终变成了懒得抽。

说起抽烟，他好像对烟味有点敏感，每次我抽烟他都假装咳嗽，要是今后生活在一起，他多半会叫我戒烟吧，这可能有点麻烦！哎！我可以想办法教他抽烟！

我经常听人说"抽一支烟减少五分钟寿命"之类的话，这种话到底有没有科学依据就不说了，但是这话有一个前提，就是被指责的人可以活到老死。而这个世界？意外永远比计划来得快，一根烟，至少能获得眼前的欢愉。

"咔！"

我还是按下了打火机，每一根烟的第一口，味道都是最好的。

还是打开窗户比较好。

"砰砰砰！"

"砰砰！"

车窗破了，但没碎，破得很工整，一个洞又一个洞，完全没有掉下来玻璃碎碴儿。

奇怪，抽进去的烟怎么吐不出来？

胸膛有些暖，随后是滚烫，我摸了摸胸口……

是血!

一个背影很从容地走进了人群里,我中枪了,好几枪!

他日用品还没买完吗?

等下过来看到我这副样子该怎么办?

我是不是……好像……等不了他了……

这就是死的感觉吗?

眼前,越来越白、越来越亮,好安静……好安静……整个宇宙都只剩下安静……

那么和平,一切都不重要了,这一生追的,求的,都不重要了……好暖,这次真的不用再继续走了吧……这次真的不用……再为了生存……

真好。那他……

【下】

01

他就躺在那儿，车子里的那个人就是他。我还给他买了叉烧包，趁热吃味道最好了。我忘了跟他说，比起昨天的濑尿虾，我更喜欢吃便利店旳包子。

围在他身边的人很多，我是不是要过去呢？旁边的老妇女操着马来语议论着，一个女人捂着怀里孩子的眼睛，她为什么不让她看呢？明明这张脸是我看不够的。

他倒在车里，胸口全是血，红色确实是代表喜庆的，见到他的那一刻，我甚至觉得能和他一起死去也是美妙的。

我把便利店的袋子轻轻放下。

我打不开车门。

他胸口那么多伤口，我该如何包扎。

"我哥。"

我知道旁边的人想把我拉开，但听到这句，那个闯进我余光里的手，收回去了。

他怎么会倒在那里？车子里的人怎么会是他？

但他就倒在那里，车子里的那个人就是他。

02

你相信人死之后会有灵魂吗？

我信！

所以好像也没什么必要过分伤心，因为我们可能很快就能见面了。但是万一人死之后没有灵魂怎么办呢？其实也还好，既然没有，那就什么都没了，痛苦也没了，所以还是没什么必要过分伤心。

建材超市里的化学品比我想象中的齐全很多，为了确保万无一失，我买了所有可能会用到的种类，每一种都买三倍剂量，这样无论怎么出错都不会影响最终的结果了。我把这些药水搬回宾馆的时候，上下走了四趟才搬完。要是他在就好了，这点东西如果有他帮忙的话，应该一趟就能搞定的。

太久没碰化学了，看着满桌的瓶瓶罐罐还真有点不适应。当年选择化学专业，纯粹是因为父亲觉得在药厂上班好像很高级很受人尊敬，现在想起来，我还真是从来没喜欢过这个专业，我甚至有点无法想象这东西对我来说怎么可能会有用。

但今天，它派上用场了。

03

是个陌生的声音，电话那头很安静，似乎能从听筒里冒出冷气，我知道，这通电话之后，我再也回不去了。

"你们的东西在我这儿。"

我忍受着剧烈的心跳，放慢语速把每一个字说清楚。

"你是谁？"

对方那边的语气突然拘谨了起来。

"我朋友被你们杀了。"

"呵，你朋友？你朋友抢了我们的货，杀了我们的人，他破坏规矩，该死！"

气氛忽然轻松起来，我想接电话的那个人，又重新坐回了那个柔软的沙发。

"你们现在还要不要货？"

"货？"

"对，你们开个价。"

"开价？开什么玩笑，货本来就是我们的……"

我不是很想大声说话，因为，稍一大声说话，我眼前正在调配的化学药剂可能会剂量不均。这次做的东西还要配合机械组装，确实挺不容易的。

他打回来了，我把电话按到免提，就放在桌面上。

电话那头沉默了许久，好几次他刚要开口说，且都被自己的骂声盖过。

"多少钱？"

"一千万马币。"

"你！你不怕没命花……"

我再次挂掉电话，数着面前一个袋子里的圆柱形物体，有十个。

"五百万马币。"这次是他先开价。

"八百万马币，一分不少。"

"好！在哪儿？"他的声音居然出乎意料地沉稳，我想他应该压抑得很不开心。

"再联络。"

我再一次把电话给挂了，明明应该开心才是，可我为什么会流眼泪？难道是难过吗？不！大概是欢愉吧？因为我好像离他又近了点。

04

我盯着地上那些东西，忽然发觉我的专业水平好像真的不错，所有原理我都记得。他的样子应该是个粗人，我或许可以跟他炫耀我文化高，但这些又有什么用呢。

他不在了。

我爱上的人，从来都不属于我。

私自闯入我家，私自将我带走，我帮他把伤都养好了，他连个像样的致谢和道别都没有。我已经一天一夜没合眼，照了照镜子，眼睛通红，胡子也不刮，或许这样比较像一个瘾君子。三十七根雷管绑在身上，沉甸甸的，镜子里的自己看起来胖了一圈。我仿着他的样子把头发剪短，整理表情时我是如此想念他。

交易的地方毫无新意，是一个印度人集中的居民区，一趟道走下来印度人只占三成，看起来应该是帮工，剩下的都是马来人和越南人，他们看我的样子，有敌意，我猜他们都跟这批货有关系。

迎面走过来几个黑衣人，七手八脚在我身上搜了起来，他们肥头大耳的样子让我很不舒服。

"别摸了，我身上都是炸药。"

"什么意思？"胖子居然也懂得害怕。

我现在说话的样子应该很从容，说："什么什么意思？货给你之后，你们杀了我怎么办？"

胖子马上就冷静下来了，说："我们只要货。"

他们把我带进了一间民房里，我找了张椅子坐下，把货丢给他们。

八百万马币应该够我无忧无虑过一辈子吧？

把包打开之后，两三个人取出其中的一部分开始吸食了起来。这场景电影里看过，应该是验货吧？没有人当我是存在的，我也没当他们存在。

"时间太短，但这两天我好开心，遇见你真是我最美好的事情，我不后悔，如果再来一次，我一样会这样做！希望真的有灵魂，因为我好想好想再见你一面！"这是我心里的声音，是在对他讲，也是在对自己讲。

吸毒者过完了瘾对肥头胖子点点头，货当然是真的，胖子看向我的时候愣了一愣，不知道是不是听到了我心里对他说的话。

"那这个人怎么办？"吸毒者指着我。

"赶走吧，谁知道他的炸药是不是真的。"肥头胖子说完话，转身就走，轻松得好像这一切都没发生过一样。

这，也太轻松了吧?

"炸药是真的。"我的声音很轻，不过所有人都听见了，包括刚转过身的胖子。

"炸药是真的，我跟他说过我学的是化学，我会制炸药，你们觉得我会欺骗他吗? 我一定不会欺骗他! "

我轻轻地，按下了引爆的按钮。

世界一片洁白，洁白里，我看见了他的微笑。

05

{一个月前}

我不知道班级里的那些事有没有传进父母的耳朵里，总之，在我初中念了两年之后，我的家人全都不再招呼我过去坐在他们膝上，也不再调侃我像女孩子一样漂亮了。

不过，也可能是我长大了的缘故。

我还是不安心，因为我的同桌无故被换成了一个女生。生物老师总喜欢让同桌之间互动，两人共用一个显微镜，或者组成两人小组讨论。每到这个环节，他都会从讲台上走下来巡视，所以大家都得若有其事地把头凑到一起，听说后排的两个同学就是因为这个看对了眼。前桌的男同学喜欢用手撑起头，朝我和同桌露出不怀好意的笑，嘴里发出"啧啧啧"的声音。终于，趁同桌不在，他转过身对我伸出五个手指头："据我所知，光我们班就有超过五个人想跟她……"话音戛然而止，他很鸡贼地环视了四周，用一个很龌龊的手势代替了后面的话，"绝对能让你喜欢上女人！"他意犹未尽的样子，让我觉得他也在那五个人之中。

同桌是个清纯可爱的女孩，格子裙，粉色发带，其实不用他提醒，我也曾有意跟她多接触，言语和肢体都有，可我确实没有喜欢、心动一类的感觉。真希望是耗尽了。

我想我是不能坦然地去喜欢一个人的。

这个道理我上高中时才悟出来。

十一二岁的时候，对一个人有好感是藏不住的，连表达喜欢的方式都很拙劣——我把巧克力和纸条一起压在昆的书本下。昆说他不爱吃黑的，我就买了白的，他那段时间在背牛津字典，纸条上的字我就用了全英文。我完全没想过那些东西会被别人翻出来，再确切一点说，我完全没想过原来很多人觉得这种好感，是错的。

这件事情班里的很多人都知道，昆并没有表现出对我的排斥，一如往常，通往教室的楼梯只有一个，只是我们再也没有在那里碰见过。过了大概半个月，他就有了正牌女友，两人每天穿梭在班级之间，很快就与我撇清了关系。在那个年纪，早恋的新鲜气息很容易盖过如我这种异类的酸腐情感，或许隔壁班的阿猫阿狗都喜欢过昆，但他们关注的只是昆现在的恋爱状态。

台风过了就过了，没有人知道它卷走了什么，但所有人都能看到它留下了什么———地狼藉和我。

久而久之，他们不再把我和昆共同提起，反而变成只针对我。走在学校里，开始有人刻意地躲避我，天气一夜之间转冷，让人不想张口说话，烟囱的白烟浓了好几倍，戴了许久不戴的鸭舌帽，在操场转了两圈都没热起身，索性把早操停了。可我总是淌汗，和昆有眼神接触时，我根本不认识的人却能认出我时。

我想父母亲是知道的。父亲凡事都讲究一个"最"字，从我上初中开始，他就承诺一定要给我上最优秀的高中，读最好的大学。这样，他才能在他的众兄弟面前抬得起头，显然，他是我的叔伯里混得最差的那一个。他原本托小叔给我争取了男子学校的名额，那是他认为最好的学校，我听他说那里只招男生，教学十分严格，但这事在我初中毕业后就不了了之，据他说是人招满了，后来又改口说是我成绩不行。但我知道，其实小叔是马来西亚国家教育厅的。

06

　在当地漫无目的地工作两年后，我决定去吉隆坡生活，这是一个家人不会拒绝的决定，我象征性地说了一些有关未来的展望，但其实我是不想回家看到越来越多的烟蒂。

　从决定离开，到抵达吉隆坡，只用了八天的时间。父母没有多说什么，想必对他们来说也是一种互相放过。我在吉隆坡看过的第一个房子在火车站旁，比起灰墙土瓦的老式建筑，那是个很新的小区，房东配了精装，诚心要租，两房的户型很适合我自己住，我盯着客厅里大理石的电视墙，浅褐色的纹路和我家里的很像，那时母亲偏爱欧式风格，整个家被她布置得温润又雅致，只是后来，茶几上开始有了越来越多的烟蒂。房东打开随身携带的地图，把附近的优势讲得很到位，他是一位很优秀的推销员，但我决定再去别处看看。

　就像我不喜欢衣着邋遢的时候进出高级餐厅一样，我也不太喜欢市中心的房子。窗外的大厦通体发光，出了门就是川流不息的人群，这里是一座城市的曝光点，用势利与阶层延伸着脉络，每个人必须装出自信的样子，踏着落魄的人前行，才可以隐约忘记自卑。房东把一套一百平方米左右的房子隔断成四间，这样一套房子就可以收四份租金，他带我去了最里面的一间，进了门，靠墙是一张木床，床脚接着一张桌子，房间右侧的小空间被一扇推拉塑料门隔成了卫生间，一次进去两个人就会转不过身，这就是这个房间的全部。我很久没有说话，他也没有要自我推销的意思，我出门后他又接起一通电话，约了跟我一模一样的地点等待别人看房。

之后我就来了近郊区，这幢楼靠山，僻静很多。房东是一对年轻夫妻，房子的装修很简单，一室一厅都只刷了墙，摆置了家居，却干净得很舒服，女人好像犹豫了许久，最后还是面带抱歉地开口：

"嗯，楼上的住户可能稍微有些吵，但也没有太吵啦，如果你觉得被打扰，不租也是没关系的。"

我看向窗外，窗户是开着的，外面的一切都很安静，从飞机进入视野的那一刻起，我可以安静看完它的一整条飞行轨迹，在楼上不吵闹的时候，我似乎就住在一个全隔音的玻璃罩下。

我讨厌甚至害怕热闹，但我不能永远都戴着耳塞生活，比自卑更可怕的，是封闭和孤独，我深信自己还保留着对生活的渴望，所以，也许我会需要楼上的，那一点点的声响。

"没关系的。"

她紧皱的眉头慢慢舒展，将钥匙留给了我。

就这样，我提着不重的行李箱住进了这个公寓。

07

楼上的住户确实偶尔会吵闹，但这是他们的事，对我而言这种吵闹声变成了一种生活的味道。

我喜欢在太阳下山之后出门，不用完全呈现在光亮里，这样日光和人的眼光都不会太刺。我至今也没见过一家开着白炽灯的酒吧，它们大多都是昏暗的，黑色的包容度远超想象，它以情绪为食，回报以倾泻之后的快感。在镭射灯照不到的地方，两个人面对面也看不清表情，这样才有胆量畅谈，过程中是哭是笑都随意。舞池里跳错了节拍的人也不尴尬，被搭讪的人不会被轻易看到脸红，被嘈杂和昏暗麻痹掉一半的感官，平日里不敢拿出来见人的心似乎也大胆了一些。

我住的地方比整座城市都更早进入秋天，这里临山，推开窗子就是树林，早晨的凉意很明显，最近我都喜欢把窗打开，通一整天的风，卧室里的墙是蓝色的，有海风的感觉，节目的空当开始播广告，我拿起遥控器换了换台，聚焦的精神稍微从电视里分离了一些。那是我最爱的节目《傻瓜的好奇心》，这一期演的是两兄弟，傻到无可救药的兄弟两人，为了体验城市下水道的冒险，竟然化身成了管道工。这个题材我实在是提不起兴趣，可又能怎么样呢？既然一直喜欢，就包容它有时的无聊。

在节目的尾声，两兄弟中的哥哥突然失去了那份冒险的渴望与好奇心，弟弟与他大吵了起来。

"咚咚咚！"

有人敲门。

这么晚了应该没人送快递，会不会是房东有什么事？我轻轻打开家门，一个胳膊正在滴血的男人站在了我面前。

Part 6

保 ● 镖

倘若一个人在黑暗中丧失了听力，那么这一刻是他离自己内心最近的时候，

也是怀疑自己是否存在，这个世界是否存在的时候。

01

再次见到她的时候，是在二十九年后，新山市北部的一处墓园。

只听说她在这里，我却不知道确切的位置。

我沿着墓园一侧的阶梯缓缓上行，仔细搜索，有过一个瞬间，我曾想去麻烦这里的管理人查个究竟，但也只是想想罢了，这是一份私有的仪式，容不得沾染任何杂质。

有风、沙尘，还有落地即成黄斑的雨点。我把大衣上部纽扣解开了两个，大衣是来的路上从晾衣架上顺的，很旧，泛黄，依然能穿。经过的墓碑上，有各式各样的人，被性别、年龄和社会属性区分开来，世界上存在着那么多可被理解与不可被理解的职业，最终也不约而同地被葬在了一起。

一部分长眠者在墓碑上放了照片，一个接一个地在我眼前划过。我想，在某种理性与客观下，人们的面孔应该都差不多，只是社会属性让人们产生了情感的连接。

我停下脚步，眼前的墓碑，名字熟悉，在心里念过万遍。

是她，又见到了。

风与沙尘来得更猛，温度骤降，天空是黄色的，如果不是知道时间，会认为此刻就是黄昏。

我脱掉了大衣拿在手上，很久没这么热了。

墓碑上有她的照片，也许是十年前，或者二十年前拍的。至少比我上次见她的时候要年长，突然之间我忘了　直在脑海中重复万遍的她的形象，我幻想过她之后换了什么发型，胖了还是瘦了，穿了什么样式的衣服，会对我做什么样的表情，这一刻，那些幻想中的形象我都忘得一干二净，也不会再想起来，如今在我脑海中萦绕的那个她，就是照片上的她。

照片旁边是她的名字——万小沁。

02

很多人说，不管年纪多大的人，回忆起初恋的对象，对象一定还是初恋时的年轻模样。

今天，是我刑满释放后的第一天。

在回临时住所的路上，地铁的工作人员再一次给我介绍了买票与进站手续。

"进站，看准了方向，看准了地点，自动售票机，塞入现金，购票，然后刷票过闸门。"我心里默念了一遍这个顺序。

我听着周围乘客谈论起时事，谈论起各自的家庭，谈论起乌七八糟的东西，还谈论起越来越严重的沙尘暴，这些我都听得懂，还在里面的时候我就听过一大堆这个时代里的新鲜玩意儿。

到站，出站，人头攒动。

给无家可归的刑满释放人员提供的住处离站口很远，在城中村里，一个房间，还有床和厕所，上下左右都有邻居，比监狱强。

我敲了敲墙，是空心的。

过往的一切人脉与关系早已消失殆尽，整整三十年，没有减刑，除了她第一年来看过我，之后我就与过去彻底绝缘了。

坐在落满沙尘的床上，我找到了一种塌陷感，那是对此刻即存在的一种美好感知。我选择躺倒，整个身子陷入其中，止不住的下沉、坠落，是现下最需要的逃避感。

隔壁的住户一直在喧闹，我也许躺了几个小时，有睡，也有醒着。太阳落山已久，眼前的世界一片漆黑。我定了定神，右手往上衣里最深最内侧的口袋摸，摸到了一包烟，继续摸，又摸到了一张纸条，再往里，是个打火机。我掏出了它们三个，我把打火机点着，漆黑世界中的一隅被照亮了，还有沙尘在火焰的逆光下飞扬，那一点点光的范围在左右摇摆，我把纸条拿出来，看见上面写着：

泽辉路137号幸福之家养老院　王秋

我把纸条渐渐地靠近火焰，纸条瞬间燃了起来，这本来就是一张发黄的报纸，只是被写上了对我而言相对重要的信息。躺着看着纸条快烧完了，烟味开始刺鼻，我突然想起拿出来的烟还没抽。

今天我已可以不用地铁的工作人员引导，自己买票、进站、上车了。目的地是被烧掉纸条上的地址，二十多个站点，想必是早出晚归的节奏。

昨天从墓地出来，还是忍不住地打扰了管理员，他告诉我，墓碑上的那个女人，还有一个母亲在世。

地铁在幽暗的隧道里疾驰，我看了看玻璃窗中自己的倒影，面孔消瘦又松弛，头发和前几年差不多，脱发到一个点就停了。

出站，远处人声鼎沸，我看见很多标语，标语的大概意思是："政府在常青城的周边试行科研计划，依靠静电力场来降低沙尘暴的入侵，其间会有大面积的闪烁，请市民们不要担心。"

多走了几步，我找到了我要找的建筑，门卫问我干什么，我停住，盯着他，嘴里挤出一句："我就是来看看。"门卫也盯着我，片刻后把门禁打开，又补了一句："空房也有，一月五千，水电另算。"

我愣了一下，突然回过神，脑海里一阵涟漪，才又一次确定，我也将近六十岁了。这个时代的养老院与过去的差别很大，养老院，在过去是家有不孝子的代名词，而现在，我看着与我年纪一样的，三五成群的他们，进行着各种我叫不上名字的活动，养老院也许是大部分老人的乐园。

入口的长廊不短，几步之后，我看见半截轮椅挡在了长廊出口，白发苍苍的男人坐在上面。我帮他挪了挪，腾出了公共走道，我向里面的大厅走了几步，几张乒乓球桌摆在前面，没有人，是一个荒凉的活动室，我扭头看了看入口轮椅上的白发男子，发现他正看着我。

我高声问："你知道王秋住在哪儿吗？"

他没有反应，指了指自己的耳朵，我朝他快步走去，贴近了又问了一次。他停了半晌，指了指自己的鞋子，那鞋子看起来很新，然后他拿着我的手，在上面写下：408。

我在408的门口待了有一会儿了，手上快要燃尽的是第二根烟。

门外的露天长廊看起来相对干净，沙尘只是覆盖了薄薄的一层，也许她每天都会打扫一次。刚才我轻轻地敲了三下房门，无人应答，然后我又重重地拍了三下房门，依然无人应答。我决定在这里等，顺便把第二根烟掐了。我背过身，四楼的露天长廊视野相对开阔，面前正对的是青葱的矮山，我猜矮山的后方应该是海，天空依然泛着微弱的黄色，现在是每天沙尘最淡的时刻，出狱前在采石场，我问过狱警："沙尘要飞多远，才能飞到马来西亚？"狱警只是催促我继续干活，后来我忘了这件事，现在却想找一个人问问。

电梯口传来一阵嘈杂声，几个白发苍苍的女人缓慢地走了出来，随即几个人陆续走进自己屋里。只剩一个一瘸一拐的女人走向了我旁边的408房门。她就是王秋，万小沁的母亲，和她女儿有七分相似，只是饱经岁月的沧桑。她颤颤巍巍地伸出手指去按指纹锁，同时看了我一眼，问："你好，新来的？"我大脑瞬间空白，她的指纹也没有刷成功，"来了幸福之家，大家以后就相依为命了。"她笑了笑，再一次按下指纹，门锁应声打开，我回了回神，想了想她沙哑的声音，告诉她："对，新来的。"

她转过身，又冲我笑了笑，把门关上，电子门锁"嘀嗒"一声。

电梯下降到一楼，我出了门径直走向管理处，看见一个年轻女孩在缠着管理员说："你上次说好的每天一次啊，我爸的房间怎么会乱成这样，又不是没有交钱。"管理员懒得争论："现在人手少，两天打扫一次，过段时间人手多了，一天打扫两次都可以！"年轻女孩还在生气："我爸把我养这么大不容易，我把他送来不是受这种罪的！"

我在门外等着，抽出一根烟，旁边打扫卫生的人冲我喊了一声，我死死地盯着他，把烟点着，他看了看我，低头继续扫地。我大口大口地吸，直到我的肺部承受不住，干咳起来。年轻女孩从管理处出来，捂着鼻子，看着我骂了一句："抽烟抽不死你，老东西。"

我不作声，看着这女孩的裙摆消失在走廊尽头，有点儿像在另一个世界的她。

扔了烟头，我走进管理处，直接开口：

"每月五千？"

管理员"嗯"了一声。

我又问："四楼还有空的吗？"

管理员还是"嗯"了一声。

"能不能按天算？"管理员骂我脑子有问题，我又问了一句：

"能不能先交一个月？"

03

在我花了一整天时间提供了三十年前的一大堆手续之后，民政局饱含着对刑满释放人员的可怜，最终同意给了我一万七千元的救助金以及承诺最低的社会保障金。我特意交代工作人员，一定都要给我现金，每个月我都会亲自来领，不会嫌麻烦。我不是排斥现在流行的网络支付，而是我觉得自己需要时间来适应。

太阳又升起的时候，414号房门口，我刷了指纹，"嘀嗒"！

我住进了幸福之家养老院。

没关门，我走进去，三米乘六米的狭长房间，一股淡淡的檀香味，应该是前一个房客喜欢烧香拜佛，但我没看见神龛。床上有现成的被褥、枕头，还有绿色的拉绳台灯，空气有些闷，我走到尽头的小阳台，看见紧闭的窗户下有个方凳，前房客也许个子不高，每次开关窗户需要垫脚的东西。我踢开方凳，松开窗户的把手，用力地推了两下……空气瞬间对流……站在风里，我在猜测，前房客是不是已不在人世。

我进屋躺在床上，看着面对408的那堵墙，几处墙皮翻起，我伸手把墙皮剥落。和监狱一样，急促的响铃代表着午时开饭，幸福之家养老院是一所迷宫，我循着标识，走在去食堂的路上，感觉像是又住进了监狱，又不像在监狱，我想在食堂自然地再遇见一次王秋。

餐厅的装饰朴素又媚俗，配以半自助打餐的形式。给老人的伙食不是很好，卷心菜、玉米、黄姜饭，还有龙骨炖汤，以及旁边的价目表。我才知道，原来每个月的五千块，并不包括在食堂里的消费。

我选了一个视野最好的位置，静静地坐着，静静地等待，静静地看着墙上的钟。黑发、白发、银发的人们来来去去，一点点喧哗，我看见了管理员、门卫，还有坐着轮椅不愿意讲话的老头，也看见了之前与王秋一起从电梯里颤颤巍巍走出来的人们。

直到食堂打烊，王秋也没来。

04

回去的路上，经过乒乓球桌，有个男人喊住我，想让我陪他打几局。我看他的年纪，与我相仿，我接过球拍，他把球扔给了我，我接球接得利落，想了想，又把球扔回给他，让对方发球是个尊重。他笑了笑，可却没有接住，向旁边快走了几步，捡回了球，摆了摆架势，向我发球。他充满精力，球也打得还不错，可在我眼里，依然是慢动作，十几个回合后，他一败涂地，我冲他笑了笑。

不用借助标识，凭着记忆我回到4楼，出了电梯，我朝右边看了看，是408的方向，门口放了根黑色的拐杖。

房门关闭，王秋在里面？或许不在？扭头来到自己的房间门口，指纹刷了三次，才有了一声"嘀嗒"。房门开的瞬间，空气对流，我印象里，这叫作"穿堂风"。

短短一个中午，房间里任何不动的东西已经积了层沙尘，走进自己的房间，才会着重地注意沙粒与鞋底的摩擦。我拿起边上的毛巾，在阳台上的水龙头上打湿，准备把房间擦一遍，无意间抬头看了看镜子。

自从许久前对年龄、对世界认命后，我已经不再像年轻时那样每天照一次镜子，如同面对疾病，如果避不开就去面对，如果没有机会，我也不会去想起照镜子。现在面对卫生间的镜子，我从来没有这么仔细地看过自己的脸，第一次真正认识到原来我的皱纹已经这么多了。我把毛巾丢在一边，洗了把脸，看着滴下的水滴，我定了几秒，流窜了些莫名其妙的意识，又用手沾着水把碎发理了下，拿起毛巾把水擦干，拿起圆顶帽，扭头出门。我快步走向408，对着门轻轻地敲了三下。

　　"咔嗒！"是王秋开的门，她礼貌地扬了扬头，显然她还记得我，我先开口："出去走走吧。"她依然礼貌地回答："我腿不好，你要将就些。"

　　我点点头，弯腰下去把门口的拐杖递给她，她摆了摆手，对我说："我还用不着这个，只是别人送我的，呵，看不起我。"

　　这一次她的言语里，没有那么多礼貌了，我略微舒服了点，脑海中在寻思，送她拐杖的是男的还是女的呢？是年轻人还是中老年人呢？

　　养老院广场，一路无话，王秋一晃一晃，走得很慢，我几度调整步幅，勉强与她步调一致。我猜测，是不是在养老院中，约对方散步其实就是一种自然的、老年人特有的活动，纯粹地出于一种锻炼，不像年轻时候的人们，除了散步，还包含着各式各样的想法。

走到一处单双杠旁边，她停步，我看见她的额头，已经渗出了汗，晶莹无瑕。

这一刻，我才觉得我应该重新**审视**自己的内心，到底是什么原因促使我竟然会约一个比我大十来岁**的女人**散步？而这个女人还是我最爱之人的母亲。

在狱中的三十年，我时常会想起小沁，也偶尔会抑制不住强烈的思念，因而做一些极端的事。从我入狱后的第二年，小沁就没有再来探访过我，出狱前的那一年，我才得知她去世了。

也许在那一刻，听说她还有个母亲在世的那一刻，我只是出于对小沁的爱，一种爱屋及乌的情感，来见她的母亲，兴许能帮帮忙，或者做点力所能及的事情。可见到了王秋，与小沁有七分相似的面庞，我是否已经转嫁了对小沁的思念？建立到了王秋的身上？我的内心，我的思维，我大脑中的结构，是不是都变了？我也许该忘却记忆中的年轻的小沁，年轻的自己，抓住黄昏的尾巴？在黄昏时的天空，最后做流星闪耀着划过一次？

我伸手掏出一袋纸巾，递给王秋，示意她擦擦汗。她摆了摆手，掏出自己的手帕，抹向了自己的额头。这是她第二次冲我摆手，也让我明白到了这个年纪，更在乎朴实与实用。我把纸巾塞回口袋，想停止脑海中一连串的胡思乱想，却停不住，我记起在狱中，每当思念小沁却无处排解的时候，我都会去运动，让身体的疲劳淹没大脑的思考。我跳起来，双手抓住单杠，手上传来沙尘的感觉，我缓慢地拉起做引体向上，可这一刻，我发现我没有运动的心情。双手松开，重重地落地，我看了看王秋，发现她也正看着我，她依然笑了笑，一晃一晃朝我走来："我也有几天没吊过了，看看还行不行。"她说着，双脚跳起，两手抓住铁杆，双脚离地，悬在了半空中，三四秒之后，她松手落地："不行了，现在也基本抓不住了。"我突然想起了小沁和我在靶场的情景，那个时候她打完了一梭子弹，对我说了相似的话。

"不行了，肩膀好疼，握不住了。"我定了定神，告诉王秋："这种东西多练练就习惯了，对腰好，我们每天都可以来，我教你。"王秋微笑着点了点头，拍了拍沾了沙尘的双手，没说话。我看着她的手，又抬头看了看泛黄如黄昏时刻的天空，突然想起了狱警没有回答过我的那个问题："沙尘要飞多远，才能飞到马来西亚？"

王秋想了想，看着我："可能有一万千米吧。"

她的回答与我猜的一样，之前我就在猜，是不是有一万千米，从遥远的大陆而来。此刻，兴许她和我都想说些什么，我却看到王秋的脸上突然被闪光照得更亮，连续的几下爆闪，我扭头看了看天边，天空持续地闪烁，是要下雨了？

"城郊的静电力场开始运作了。"王秋也看着天边，淡淡地说了句话，这个时候我才想起那个时候从地铁站出来，人群的抗议与游行，我想了想，对王秋说："游行和抗议也会更厉害，明天我们去买点东西存着吧？"

日头偏西，爆闪持续，越来越多的老人来到操场看向天空，人群的影子在地面一闪一闪的。我和王秋还在单双杠的场地里有一句没一句地闲聊。

一个多月后的一天早晨，我睁开眼，空气中依然散落着微弱的沙尘，持续的爆闪已经停止，户外大多数时候静静的，偶尔也会传来骚乱与爆炸的声音。

我与王秋的接触时断时续，有的时候聊得很投入，有的时候只有简单的几句话，聊的大概都是些无关痛痒或者我不感兴趣的问题，比如政府动了老年人的多少福利，住在三楼的某某睡过去就再没醒来之类的，这让她显得庸俗且神秘，那种无话不谈的状态，是我一直所期望的。爬起身，背部有些酸痛，我走进卫生间，强迫着自己开始洗漱，监狱蹲的时间太长，有的时候会忘了人类有洗脸刷牙这种习惯。

05

"咚咚咚！"

三下微弱的敲门声，微弱到不仔细听就会遗漏的程度。打开门，王秋站在门口，手上拿着一个开水壶和一点点吃的，我把她让进来。

水壶上有两个纸杯，她把其中一个递给我，顺便拧开了水壶盖，先给自己倒了一杯水，然后给我也倒了一杯。我在脑海中重复了这个细节，她是先给自己倒水，其次才是给我倒水，其实没什么，但我还是有点儿略微的失落。

两杯冒着热气的水交相呼应，我看着自己的杯子，即便上了年纪，但我还是不太习惯喝热水。

"这个给你。"她递给我一块娘惹糕，娘惹糕随着她的手一起微微颤抖，我接过来，一口气塞进了嘴里——是我不喜欢的甜，还有我不喜欢的嚼劲。

王秋转身走向阳台，背对着我说了句："管理员说你该交下个月的住宿费了。"

我把杯子里的热水一饮而尽，连着嚼不动的娘惹糕一起冲进胃里，对她说："我现在去交。""好啊，我在这里等你。"王秋微笑着回应。

去管理处的路上，我心里点了下自己的余款，可能只够再交两个月的数量。静电力场开始后的这一个月，这个街区开始躁动了，白天是示威游行的人群，夜晚是一群宗教警察在四处抓人。

我没有看报纸和电视，我猜不只是这个街区，甚至整个新山市，整个马来西亚都一样。一路上，我看到好几个新鲜面孔，慢慢悠悠地东张西望，有的踟蹰不前，他们是想努力适应一个陌生的环境。管理处的门口排着长队，有着更多新鲜的面孔，是都想要住进这里？另一个管理员接过我的钱，耷拉着脸告诉我，这个街区，这几天以来，有一群年轻的暴徒穿行在夜晚，他们只追赶老人，甚至冲进这个老人的家中，直到这个老人的生命终结。

说完这些，他在我身后还补了一句，意思是如果我下个月还是只交一个月的租金，他就会把我清理出去。我没搭理他，因为王秋还在等我。

我回到414，王秋坐在我的床上，靠着墙壁，睡得很沉，垂在腿上的手里还有一块娘惹糕。我以前听说过，年纪越大，睡得越短，但好像这个理论既不适合我，也不适合正发出微弱鼾声的她。我轻声进入洗手间，关上门，准备小解，已经好几年了，每次都得酝酿一两分钟才能尿出来。完毕，我轻轻地按下抽水马桶的开关，哗啦一声。

几秒钟后，我听见王秋的声音："啊，你回来了！不好意思，你看我这身体是越来越差了。"

拉开门，我刚向她走了两步，她却又叫住我："哎，你忘了洗手。"

我愣了一下，转身回去在水龙头上应付式地冲了冲手，出门向她走去，两只湿答答的手就在两边裤子上乱蹭了几下。王秋看见我的举止，叹了口气，摇头苦笑。没几步，我已坐到了她对面的椅子上。

这一刻，我的脑海中闪过了很多东西，设想了是什么造成她的苦笑。是性别的差异？是性格的不同？是年纪的鸿沟？是饱经风霜和娇生惯养的无可动摇？还是说，是监狱生活让我变得粗俗，无法再融入一个正常文明的社会？

"关于这边的房租，如果你手头拮据，我可以先借给你。"王秋的问题把我的思索打断，瞬间拉回到现实，脑海中泛起了新的问题：她问过管理员？应该也知道了我没什么钱？虽然一把年纪了，但还是感觉雄性的自尊在这一刻不太舒服，可这不也正代表我们的关系更近了一步吗？

"谢谢。"回答这两个字的时候，我的内心是矛盾的。

可能是见我没有拒绝，王秋笑了笑又问："你的家人呢？有子女吗？"

06

自从认识王秋以来，我为这种问题做了很多准备，因为过去漫长、一言难尽，而对方也许只是客气地问问，并没有做好听故事的打算。

我停了停，挤出了一句："没有，你呢？"

王秋听我这么说，也是略微一愣，但很快回答我："和你一样，没有，不过以前还有个女儿。"

我没想到她这么快提到了小沁，我开口问："她什么样？"

这并非装模作样的一问，我也好奇从小沁母亲的角度来重新回忆起往事。王秋小心翼翼地开口，从怀上小沁开始，一直讲述到了上个月去给小沁扫墓，每件事都饱含着细节，只是在这个故事中我没有听到小沁与我在一起的部分，也许是因为只有几天时间，对于小沁本人来说也像是人生中的一个插曲，短暂又不够灿烂，也从未告诉过她的母亲吧！

当然我也知道了，从我入狱的那一年开始算，小沁一共结过五次婚，也难怪从我入狱的第二年起，她就没来看过我，可能后来也想不起来狱中有她认识的人吧。小沁的前四次婚姻都很失败，按照王秋的理解，都是小沁自己的错，她觉得自己那个飞扬跋扈的女儿就像风一样，随时改变，永不停留。而最后一次婚姻，小沁的第五任丈夫最终在一天夜里点燃了一把火，把自己和小沁连同房子烧成了焦炭。原来，小沁的结局是这样的。

讲完这些，已经是我和王秋在食堂吃完午饭的时候了，她喜欢吃油腻的东西，至少吃得比我油腻。

07

今天食堂的人比平常多了一倍，位置坐满了一半，不只是中老年人，还多了些年轻人，是其中某些住户的家属。王秋始终没有提及她的丈夫、她的亲戚朋友，仿佛这些可能与她有关的人在这个世界上已经统统蒸发干净，全程我极少发言，仅有的几次出声也只是作为附和王秋的语境而用，直到这个时候我开口了："你以后是打算一直住在这里了？""是啊，要不然呢？"王秋啃完了最后一块鸡肉，抬头看着我，我没想好这句该怎么接。

远处传来一阵叫骂，是两个老头之间的琐事，只是其中一方多了几个年轻家属。叫骂瞬间膨胀到极点，几个年轻家属开始殴打对骂的老头，莫名其妙地，更多的年轻人加入了进来，没人敢上前阻止，所有人吓得呆在原地，保安也被按倒在地。出于本能，我看向地面，确定这里铺的是地毯，然后扭头看了看王秋，她有点儿被吓呆了，不过很快，她回过神来，对我说："你电话呢，快报警！"

要不是她提起电话，我都忘了这个时代有手机这种东西，我只能抱歉地摇摇头。通常，老年人都会忘记要随身携带这种东西，显然王秋就是其中一员。王秋不再管我，她四处张望，冲着离我们最近的人喊："报警啊！"

没人理她。

王秋起身，冲着服务台走去，她依然一瘸一拐，可速度却快了很多。有一个打得最凶的长发年轻人看到了快速移动的王秋，向她冲过去。屁股下的椅子嘎吱一下，向后倒去，我也起身，跨过桌子，向这个长发年轻人跑过去，短短十来步，短暂的过程中我可能只考虑了一件事情，那就是没有时间热身，可千万别出问题。太久的时间没有动手了，我记得上一次还是十多年前调换监狱的时候。

即便如此，这个长发年轻人依然后脑着地，吭都不吭一声了。几秒钟前，我贴近他时用了比较保守的方式，右腿回钩他的左腿，左手把他的右肩往后推，他后脑着地发出的脆响，让我想起我年轻时候练这招的景象。

其他的年轻人看到了这一幕，一起把仇恨转嫁到我这里，骂着跑过来。我抓紧时间转了转自己的腕关节、肩关节、踝关节，小心翼翼地扭了扭腰胯，顺便观察他们的动作，这群人的距离感为零，只是被某些信仰强充精神而已。

第一个人上来，我看准了他的脸就是一记左手刺拳迎击，他的前冲速度，加上我出拳的速度，双倍速度加成的动量，我的拳峰打在了他的下巴上，我猜他的大脑瞬间在头颅中晃了一下，中度脑震荡势必成形。一个人站着失去意识，意味着还要倒地，在两秒内，他一头栽倒在地，也许又要经历一次脑震荡。后面的人接二连三地涌上来，这些人抢的都是王八拳，我边打边退，尽量每次只让一两个人在我面前，保持其他的人的视线和身体都被这一两个人挡住。我连续用后撤的直拳和摆拳，给他们迎头痛击，跌下去一个，再让他们后面补上一个。

十几秒钟内，七八个年轻人接连倒地，我定睛看，还有十来个人，不敢上来，在和我僵持着。这个时候又冲进来四个保安，剩下的一堆老头也纷纷站起来与这些年轻人对峙，我突然想到，有人好像对我说过，年纪越大的人越懂得站队。

我扭头在人群里寻找到王秋，她站在原地吓得呆了，一头凌乱的银发在颤抖。

那十来个人终于憋不住了，抄起餐厅里能拿的东西，边向我走，边向我扔。这是个被动糟糕的情况，我向旁边跑了两步，拿起餐厅小舞台上的麦克风支架，向这些人冲过去，像是骑士骑马在冲锋，为首的两人直接被我手上的支架顶翻在地，但我被后续的人群淹没，头顶和后背瞬间被酒瓶和餐盘砸中，脑袋里嗡嗡作响，我弯腰，一只手护着头，另一只手向前方乱抓。

我的身体被染成了红色。

但是我头部和背部受到的攻击依然没停，我感觉已经快撑不住了，伸手抓到一个人的衣领，把他往下拖，我也顺势下降，在落到地面之前，我已经拿住了他的背，他正后背对着我，我左臂从前方绕过他的脖子，用肘窝处死死卡住他的脖子，右手按着他的后脑往前推，我背部着地，他背躺在我的身上。

此刻我背对着被鲜血浸红的大地，正面用这个家伙做挡箭牌，快速地变换体位，死命看看还能撑多久。人群的缝隙中，我看见一群防暴警察的身影，心下松了口气，继续抵抗。

警察只是简单地盘问了下情况，就把这些年轻人匆匆带走了，至于剩下的那具尸体，他们让养老院自行处理，我猜测他们这段时间对这些已经司空见惯，并且焦头烂额。我并不想知道养老院的老人们会怎么看待这具尸体，只是告诉王秋我的伤口需要处理一下。

王秋带着我回到408，她帮我包扎了最后一处伤口后，坐下一言不发。我脑海中闪现了一个画面，尸体旁边那摊即将凝固的血，在反光下，已经落满了沙尘。

我抬头看王秋，问她："这些就是那些追赶老年人的人吧？"

王秋微微点头。

我看着她不舒服的样子，搞不清是被什么触动，直接脱口而出："以后，我来保护你。"

王秋看着我，勉强挤出一丝微笑，她开口问我："说说你以前吧。"

我想此刻，这个听众，已经做好了听故事的打算。

08

我出生在越南的潘切——最南部的一个小城，没见过我的父母，或者说没有父母，是在街头跟着混混儿一起流浪长大的。从我记事起，我就知道这里天天在打仗。打砸街上的商店，抢劫路人是生计。

一九六五年的某个地方，"局部战争"打响之前，生活越来越艰难，除了军人，平民们根本没有油水可榨。那年我十五岁，有天晚上，我在街上尾随两个本国士兵，虽然有人告诉我千万别去打他们的主意，但我根本不在乎，连活下去的物资都没有，还有什么好怕的。在下一个街角转弯，他们拿出钱包在一家妓院门口逗留，我冲上去，拿出藏身已久的铁管狠狠地敲了其中一个人的后脑，骨头和铁管的撞击声显得格外清脆。

我来不及看这个人有没有倒地，抢过钱包就跑，也就跑了三四步，我被身后追上来的人抱着摔倒在地，我转过头死死地咬住他……

头顶感觉被重重地连续击打，短暂的恍惚后我确认是他在挣扎着用拳打我，我心里只有一个念头，就是用双臂把他箍得紧紧的，死死地咬住他。我的头顶被打得剧痛，不能呼吸，我憋着一口气继续坚持，肚子里的横膈膜因为缺氧开始剧烈地颤抖。

几秒后，我实在坚持不了，松开牙关，把他推开，大口地喘着气站起来。他已经趴在地上一动不动了，我回了回神，看见远处被我用铁管敲的那个人，躺在地上正在抽搐。

我蹲下身，开始摸这个人的口袋，最后从他的胸口内袋，翻出了他的钱包。我头昏脑涨地快步逃离了现场，边走边把两个钱包里的现金抽出，扔掉了钱包。王秋对我说她要先去厕所，我点点头，也许是故事里我攻击喉咙的故事，让她想起了我刚才攻击喉咙的场面。她一晃一晃地走开，我忽然想去背她。

远处的天空开始闪烁，王秋说过，静电力场一旦开启，就不会中断，永不停止，只是我感觉风中依然带着沙尘。王秋重新坐在了我面前，示意我继续。

半个小时后，音乐震耳欲聋，我坐在美国士兵常来的一处酒吧里，把刚才抢来的钱花得一干二净。连续灌了好几杯河内啤酒，点了一堆我以前没有吃过的，那种叫汉堡包的东西，我一边看着几米外美国兵搂着我们越南的女人，一边开始大嚼汉堡包，那一刻我觉得，这是世界上最好吃的东西。直到最后一个汉堡包，我仍然在快速吞咽，汉堡包还剩一半，突然，强烈的恶心袭来，我拿着这半个汉堡包冲向屋外，对着街道开始呕吐，足足吐了两分钟，吐到胃里一点东西也吐不出来，我撑着路灯的铁柱，大口喘气。酒吧内的音乐还在我身后持续，我把手上的半个汉堡包拿起来，继续狼吞虎咽，征兵的车从我面前缓缓驶过，喇叭上放着加入军队，打倒北边的宣传语。

我边吃边看着它。

我为了有口固定的饭吃，第二天就加入了越南共和国军。训练了六个月后，我直接被招到SOG特战运作组。所谓特战组，其实就是美国人要我们越南人打越南人，专干一些肮脏的勾当，让我们背将来可能存在的黑锅。在不见天日的岘港营地，我和一群越南同胞又被秘密训练了一段时间，那段地狱般的生活，我实在无法详细地记得到底持续了多久。

美国人粗糙地给我们培训了心理战、黑色宣传、暗杀这些见不得光的手段。因为营地有饭吃，还有钱可以领，我一直在各种压力下坚持着。在第三次跳伞训练时，一个同伴因为降落伞包没有打开，被摔成了肉酱，而他的伞包是我叠的，所以后来的每次跳伞训练，我都极度害怕，害怕新轮到的人，那个帮我叠伞包的人有一丝疏忽。

在多次的逼供训练里，我其实大部分时候都撑不到一半就招了，这一项的成绩也是倒数，也许当时急需我们这些炮灰，所以我没有被赶出队伍。

漫长又短暂的训练营生涯结束了，我被派出执行任务，与我搭伙的是个外号叫纸袋的越南人，比我大十来岁。我有一种感觉，他和当时的我一样，喜欢破坏。

他经常递给我用芭蕉叶卷的烟，不说话地看着我，直到我点燃抽了，他才转向另一边，继续做他的事。

我和纸袋被派去柬埔寨和越南交会的一处小镇，解救美国被俘的医护人员。解决掉敌方的看守之后，面对四五个被绑起来的美国俘虏，纸袋拉起最年轻的一个女白人，冲我摆了摆手，笑着指了指他已经关闭的无线电对话机，我知道他在想什么，我也把无线电对话机关闭，不管是同胞还是供我们吃住的美国人，没有人知道的时候，他们只是玩具，包括他旁边被吓傻的那个女白人。

我走到屋外等他，我猜他可能怕打扰到我，先封住了那个女白人的嘴，所以屋外安静，只有虫鸣。二十分钟后，他走出来，递给我一支烟，白色的烟身沾着红晕，他吐着烟走在我前面，头也不回地扔给我一个火机。

我第一次任务，任务时间五个小时，俘虏全数死亡，任务失败。

说到这里，我看着王秋，她听到这里，表情有些不自然。我想起自从见到她，我就再没抽过烟，我站起身，从大衣口袋里翻出了烟盒。

后来我运气不错，又在几次渗透活动中活了下来，而纸袋在一次巷战中死了，打扫战场的时候我看到他的尸体，越南籍的SOG成员是没有胸口吊牌的，美国人不想让我们的真实身份被这个世界知道。一个队员从对方战士的尸体上拔下了喷火器，对着纸袋的尸体喷射，纸袋就此消失，连渣都不剩。

往后的几年，敌方反扑得很厉害，战争越来越艰难，SOG总有做不完的任务，一百多个老队员只剩下了几个，从本土征召新人已经不太可能了。正面战场上的美军饱受敌方地洞的困扰，很多时候敌方游击队能悄悄地来到阵营后方，美军死伤惨重。而他们专门派遣过来对付地洞战术的"坑道鼠"部队也减员严重。包括我在内的一部分越南籍SOG成员不得不替代"坑道鼠"部队，进入地洞的最深处，与游击队战士斗个你死我活。

到了一九七〇年，我执行任务的时间已经累加到二百六十四个小时，眼前的大片空地上有三个地洞，地洞的盖子都被打开，只露出了黑色的圆形，深邃无比。我想起有个美国人在培训时问我们，这个世界上最黑的东西是什么？没有越南籍的SOG成员愿意回答他，或许他们也回答不出来。

那节课的末尾，这个美国人告诉我们世界上最黑的就是洞，没有比洞更黑的东西。我仔细地看了看眼前这个，世界上最黑的东西。我戴上了防毒面具，重新检查了自己的装备。双排弹夹的M1911手枪和四个弹夹，T4炸药、手电筒、短匕首。另外两个洞口，其余的"坑道鼠"们已经光着上身开始下洞了，他们觉得，脱下上衣可以降低触发地洞中陷阱的概率，这我不认可。

"坑道鼠"两人一组，一人向前，一人殿后，和我搭配的是个白人，纯正"坑道鼠"部队的白人，体形像越南人一样矮小。

我没理他，先打开了手电，直接跳入了洞里，闷热与潮湿袭来，但这比不上幽闭、黑暗带来的未知与恐惧，我向前爬了几米，身后传来队友落地的声音。

从大概十五米开始，我放慢速度，通过手电的散射光束，随时注意着可能存在的陷阱和敌人，地洞里挂着一支支细细的树根，大小蟑螂在脚底四散爬行，这里的味道是越南人最熟悉的——发霉与植物腐败的味道。队友在背后死死地跟着，兴许他很乐意我打头阵，不过他不知道，可能我等下也会一并解决他。

我爬到第一个分岔口，往前或者往右，我用指头沾了下口水，伸进右面的洞口探了探，没有流动的风，我把手电调节成聚光式，仔细看右边的这个洞口，光照不到头，隧道是弯曲向前的。

既然下来了，死路也得探明白，我心里默默把这个分岔的洞口编号为A1，字母代表着这一层，数字代表着这一层中的分岔口编号。我爬进A1，这里更高更宽阔点，我蹲着向里面走去，小心翼翼地走了一段，我闻到了一股味儿，在战场待过的人，对这种味儿再熟悉不过了，尸体在腐烂长蛆。

　　我向前走，味道越来越重，我又把手电调成散光式，队友依然在后面死死地跟着，眼前是个稍微开阔的空间，我右手拿枪，左手拿手电筒夹在右手下，枪口随着光束照进去，里面躺着十来具尸体，大多数靠墙半坐着，可能只死了几天，一大堆昆虫被我的响动惊起飞舞。

　　队友拍了拍我的肩膀，举起手枪，瞄向尸体，我明白他的目的。为了预防狡猾的游击队队员藏身于尸体中偷袭，美军研制了一套极费工夫的方法，每一具在地洞中的尸体，必须被二次杀死，才能规避风险。

　　我把所有的尸体都检查了一遍，队友松了口气，示意我继续探索，再宽的隧道也只能容下一人，这次换他在前面。从A1到A3，我们又碰见了第二个这样的地下墓穴，尸体少了些，这一次，换他来检查这三具尸体了。

　　我举起枪，瞄准尸体，竖起耳朵，听着后方。他检查尸体的手法比我熟练一些，不知道他这是第几次下地洞了。他顺着尸体的脸，一个个地检查过去，当他检查最后一具尸体，把伞兵刀收在腰间时，他侧面的第五具尸体突然蹦起来，"尸体"手上握了一把刺刀，瞬间捅进了他的左肋。

我瞄准那个"尸体"，开了枪。

09

狭窄洞穴中的枪声就是巨响，使我的耳朵瞬间听不到任何声响，持续地轰鸣，我蹲下快步背对着他退过去，把手电咬在嘴里，光线、视线连同右手的枪照着瞄准着我进来的洞口，另一只手在身后摸着地面控制方向。短短几秒，我的左手摸到了他，把他掉下的手电筒捡起来，照着他，看见刺刀从他的肋下往斜上方插得很深，心脏一定坏了。

他激动地抓住我，一直对我说话，可是我的耳朵什么也听不见。我一边扭头看着他，一边转过去看向洞外警戒，过了十几秒，他还是平静不下来，激动的嘴型一直在变化。我不知道他是大喊，还是仅仅嘴在抽动而已，耳朵的持续失聪，让焦虑和恐惧淹没了我，想更快地弄死这个队友。

我迅速抽出匕首，一下扎进了他的后颈，他抓紧我的手瞬间松了下来。我丢下他的身躯，一脚踩碎他的手电筒，然后快步移动到洞口，在内壁这一侧隐藏起来，关了手电筒，屏息等待。

黑暗是最好的掩护，我伸出手掌轻轻地按在洞口的地面上。

10

当地游击队最喜欢的坑道作战方式有两种：第一种是在坑道里的某些角落里藏着，就像那具"尸体"；第二种是如果在地道的远处他们听到了枪声，便会迅速摸过来，因为在地道里开枪，近处几人的耳朵会瞬间失聪，这是他们的机会。

倘若一个人在黑暗中丧失了听力，那么这一刻是他离自己内心最近的时候，也是怀疑自己是否存在，这个世界是否存在的时候。

很多年后我才听说，有一种类似于"黑盲症"却又不是"黑盲症"的实验存在，实验里是把一个人关进或绑在一个没有光线、隔绝声音的棺材里，保证正常的通风与温度，吃饭和排泄的时候放出来，完毕后马上再关进去，一旦求饶，马上就会被放出，看看被实验者们能够坚持多久。

直到最后也没有人能超过三十六个小时。

这个实验的结论是，人大脑中的意识就像是火焰，如果隔绝了感官的反馈，这些火焰就会越烧越旺，意识趋于混乱，人会忘了此刻自己在哪里，此刻自己在做什么，最终被意识的火焰吞没，彻底崩溃。

也许此刻只是等了几分钟，被剥夺视觉和听觉，已经让我有些精神涣散，出现了些许幻觉。我只有靠后背和手掌的触觉来明确地告诉自己，这是在战场。

我面前的王秋摆了摆手，远方的爆闪把她的脸映得一亮一亮的，她对我说："跳过这段吧。"

到了这个年纪，我才突然明白，原来男人和女人竟然有这样的差别，原来女人真的不喜欢打打杀杀的东西。

我对她点点头，整理了思路，加快了语速对她说："后来我发现整个地洞中没有敌人，我用T4炸药炸了这个区域的地下指挥部，顺利地回到地面。"

说完这句话我有点儿后悔和心虚，后悔的是我对她说谎，第一次对她说谎。心虚的是，快速的语气是不是会暴露我是在说谎。可是，那个充满残酷、血腥的真实版本她又怎么能接受，我没敢细想，只想让这一刻偷偷溜走，我看着她的眼睛，告诉她："再后来，我一直活到了战争的最后。"

她的嘴角又泛起一丝微笑。

传说每一具"坑道鼠"的尸体都会被美国政府打捞上去，然后运回本土光荣地下葬。可以说没有参加过战争的人才会愿意相信这些骗人的说辞。战争还没结束，我已彻底厌倦了一切，借着SOG的一次特派任务，配合混乱的时局，在一九七三年战争还没结束时，我偷跑到了马来西亚的新山市，重新开始新的生活，那年我二十三岁。

新的环境，新的未来，为了新的生计，我不得不又从犯罪开始攒钱。在SOG里培养的一系列技能，给新山市的一部分人民带来了痛苦，但年轻的我又怎会感知与顾忌。七年后，用犯罪攒下的钱，我开了一家保镖工作室。

整整一年，保镖工作室没有任何人问津，直到一个比我小十岁的女人到访。

关于与小沁的这段故事，我在王秋面前隐去了小沁的名字，也隐去了很多不必要的细节。那天下着暴雨，小沁全身湿透地敲开工作室的门，长发黏在了脸上，滴着水。"我……我惹事儿了，现在需要保护。"她低着头不敢看我，慌乱地掏出两沓钱塞给我。"真的。"她声音很低，我被这只落汤鸡触动了一下。

小沁没有告诉我是什么在威胁着她，因为瞬间对她的好感，我也不愿开口问，生怕打破这种互相的身份与关系，我盯着她，没有说话。一直没有看我的小沁，察觉到了沉默，抬头看了看我，那个瞬间，我的荷尔蒙汹涌，也许是对小沁的一见钟情，也许是要释放整整一年没有人问津的压抑，我吻了小沁的嘴，她没有拒绝。

接下去的一个月里，我一直都陪在小沁的身边，我们一起去过游乐场、咖啡厅、海洋公园、电影院，甚至情趣旅馆，我也体验了在现代的文明社会充当一个文明人类的感觉。什么危险都没有发生，她在我身边活得很好，我始终没有问她的过去，她的故事。

马来西亚的雨季在四月初结束，雨季结束的第一天，小沁让我陪她去超市买些东西，小沁在超市里挑了一大堆东西，购物车被塞得鼓了起来。结账的时候，她忽然转过头跟我说："家里以后应该只有我一个人了，好像吃不了那么多，我也不会做饭。"我没有听明白，但也没有问她。

回到车库，停好了车，小沁掰着门把手，迫不及待地要出去，也许她已经不想与我共处一个空间了。下车，我和她并排走了两步，二十多米外的两辆面包车上下来十几个男人，小沁一瞬间缩到了我身后。为首的胡茬男冲我叫喊，让我滚，我站在小沁的身边，搂着她，一动不动，两个人冲上来打我，可不到两秒，这两个人躺在了地上。胡茬男相当吃惊，他招呼其他人从车上拿出了铁管和刀具，并对我喊："这种婊子你也管？骗了我们华哥的钱，还捅伤了我们的弟兄。"

我没理他，低下头先吻了小沁的额头，又吻了小沁的嘴，一是用行动安慰小沁，二是根本不把他们放在眼里。胡茬男一帮人看到我亲了小沁，大笑起来："你还真喜欢这种婊子？她跟我们每一个兄弟都发生过性关系。"

我根本不信他们说的，只是小沁哭着对我说："对不起。"

曾经的审问训练，让我知道这是一句变相的承认，我有些眩晕与耳鸣，本来我根本不在乎一个女人这样，只是我对面前的这个女人存有爱意，我的情绪复杂起来，愤怒从心底升起，一巴掌把小沁打翻，向这群人冲过去。

那一天，我把这十几个人全部打翻在地，每个人都倒在地上一动不动，确认他们还没有断气之前，我的愤怒依然没有减少。曾经在越南的战场上，我都没有这么愤怒与凶残过。

如今我讲到这里，依然带着愤怒，也忘了王秋不喜欢听这些。

之后警察来了，这是马来西亚历史上最恶劣的一次个人屠杀，嫌疑人或者说犯人就是我。被警察带走的时候，我回头看了小沁一眼，她在原地被吓傻了，也许根本记不清这是哪里，发生了什么事。之后我被判了三十年监禁，小沁只在我入狱的第一年见了我一次，在狱中，每一天我都期盼着可以再次见到她。

可是她死了。

11

王秋突然蹦出一句话："那个女人，是我女儿吧。"

我看着她，不知该如何回答。

"我女儿对我说过你。"王秋又说道。

我还是不知该如何回答。

"你去墓园看过她吗？"

我停了几秒，点点头，说："照片上的她还是那么漂亮。"

王秋不回话，我也不知道该接什么，两人沉默了良久，远处天空的爆闪停下了。沉默了几分钟，王秋起身，走出门去，出门的时候，把门带上了，带门的意思，大概是害怕我叫住她，或者追出去吧。

　　一夜无眠，我坐在阳台的椅子上，直到天亮，今天的天空已然泛黄，清晨被晕染得如同黄昏。

　　"咚咚咚！"三下微弱的敲门声，微弱到不仔细听就会遗漏的程度。

　　打开门，王秋站在门口，手上拿着一个开水壶和一些娘惹糕。

　　"吃点吧。"她对我说，还是那种面带微笑的表情。

　　我接过了她递给我的点心，她又继续说："以后，你来保护我。"

　　我，今年五十九岁，距离马来西亚男性平均寿命底线还有十三年。
　　她，王秋，今年六十四岁，距离马来西亚女性平均寿命底线还有十八年。

　　我和她准备开始摸索，摸索该如何度过人生中这段漫长的"黄昏"。

番・外

便利店员阿娇

01

夜!

雨夜!

街上走过了两个醉汉!

几台搭着夜店女的的士开过!

路灯,白炽灯的光像把黑夜烫出了一个洞,而雨从洞口淅淅沥沥地灌进来。这场秋雨已经连续下了五天了,阿娇也有五天没有看到星星和月亮了。

阿娇是这条街上唯一一家便利店的收银员,而且她喜欢上晚班。其实她也不是喜欢上晚班,她只是喜欢夜晚,喜欢夜晚的那个星空,那些星星和月亮。她小时候住在乡下,奶奶会在闷热的夏季拿着一把大葵扇,在院子里摆出两个小板凳,然后奶奶会一边给她扇扇子,一边给她讲故事。那个时候乡下的夜晚也是亮的，只是不像城市是灯光霓虹照亮的，而是以星为烛，以月为灯，把乡下的小溪奔腾的浪照得白花花的，把山沟里那猫头鹰的眼睛照得亮晶晶的。阿娇已经不记得奶奶讲的故事了，但是那星星，那月亮，一如既往，是她孤身在城市里的依靠。

这条街位于旧城区，所以凌晨两点的这个时间除了路灯，也就没有哪一家的灯火可以与阿娇这家便利店的灯光为伴了。寂寥无人的夜街，偶尔还响起几声狗吠，阿娇并不觉得这野狗的叫声吓人，反倒觉得太难听了，比不上乡下的老黄的声音洪亮。

"欢迎光临。"便利店的门自动打开，走进一对挽手的年轻男女。

阿娇悄悄地打量着他们。可能是寂静无聊的夜太漫长了，不知道从什么时候开始，阿娇喜欢观察深夜里在便利店进出的每一位顾客。每个人当然都有不一样的生活，不一样的故事，只是这种问题很少有人会去想，想到了也未必会因此思考，但阿娇会，不知道是不是因为生活实在太平淡了，总之阿娇会。

男的一走进便利店就放开了女的手，慢悠悠地走过去打开冰箱，提出了半打啤酒，女的却到母婴区拿了些母婴用品，然后回头静静看着男的，阿娇看见她的眉头轻轻一皱。

他们俩没有说过一句话。

…………

一对年轻夫妻，一对貌合神离，而且被孩子拴住的夫妻。阿娇心想。

结婚难道真的是个坟墓？

阿娇看着还在冰箱前沉默的年轻夫妻，男的并不帅，女的并不丑，可是阿娇就是觉得狰狞，因为她全然没有在他们看着各自的眼神里看到分毫的爱情。没有爱的婚姻怎么会幸福呢？阿娇很困惑，不过更让她困惑的却是另一个问题——他们既然互不相爱，那又为什么要结婚呢？还是结婚之始的爱情被结婚后的柴米油盐消磨殆尽了？噢！我知道了，一定是奉子成婚！阿娇心里笃定。

阿娇像是发现了什么了不得的秘密，思维一下子就发散出去了：是了，一定是。毫无感情的夫妻生活，相互指责的生活日常，其实不过都是在悔恨当初的决定——选择了孩子。男方的母亲可能想早点抱孙子，女方又觉得堕胎的女生已经不会被稀罕了，所以两个人不谋而合地选择了结婚。虽说结婚是当时最好的决定，可是现在他们又不谋而合地后悔了，后悔这段草草决定的婚姻，后悔这段没有爱情火花碰撞的生活，可是拖着个孩子又不能离婚。唉，现在的男女呀，现在的婚姻呀。阿娇不由得叹了口气，脑海里忽然想起奶奶跟爷爷。

其实阿娇已经忘记爷爷长什么模样了，仅有的几张照片也被奶奶珍藏起来，所以阿娇对于爷爷的印象大多数源于奶奶口中的故事。

关于奶奶跟爷爷是怎么相识相爱的，阿娇早在八九岁的时候已经通过软磨硬泡从和蔼的奶奶口里套了出来。爷爷跟奶奶不是一个村的，但是每次奶奶去市集必会路过爷爷所在的村的村口，他们的相识便源于奶奶十八岁的一次赶集。阿娇学习不好，可是记某些东西却牢固得很，她仍记得奶奶的原话是："很早就知道隔壁村有一个木匠好手，爱雕一些奇奇怪怪的木偶，可是没想到是一个大不了我几岁的木讷小伙子。唉，就那么在他们村的村口给遇上了，不晚一个小时，不早半分钟，就是那个点给我撞上了，这一碰面就给耽误了半辈子。"

阿娇觉得奶奶说出这句话的时候，那和蔼的皱纹都是洋溢着幸福的，她那时候很小，但是知道了爱情就是幸福地各自"耽误"对方。

那对年轻的夫妻还是彼此没有说话。

啤酒杯放上收银台的声音，一下子把沉浸在追忆里的阿娇给扯了回来，不过还是捕获了不少信息：女方深得婆婆喜欢，估计是孩子的原因，嗯，这一定又是一个封建思想很严重的婆婆。孙子是她的宝贝，捧在手里怕摔了，含在嘴里怕化了，可是又不能锁在保险柜里呀。阿娇想着这个，自己也忍不住笑了。

他们甚至没看对方一眼，阿娇忽然觉得爱情也不过是那样的玩意儿，哦，不对，应该说是现在的爱情。

"欢迎光临。"两人一前一后地出去了，男的手里拿着大袋的零食和母婴用品，以及半打啤酒。

陆阿娇呆呆地看着两人远去的背影，也许，也许他们是兄妹？

阿娇其实更希望他们是兄妹，这样世界上又少了一段不是爱情的爱情，尽管这段爱情只在阿娇想象的世界里出现过，可是谁又能说在这个比阿娇脑子里的世界更加光怪陆离的世界的某处没有这样的爱情呢？爱情啊，可是远比想象的更残忍、更无情呢。

寂寞的夜，冰冷的城市不知不觉地就赋予了陆阿娇"窥探"的习惯。她喜欢在自己的世界里构建在她便利店里进进出出的各色都市男女的故事，自己独自体会故事里的喜怒哀乐，有时候她觉得她故事里的世界比身外的这个世界有趣得多，有时候她又觉得身外这个世界比她故事里的世界冷酷得多，不过幸好，今晚的故事并没有那么坏。

不过阿娇内心却总是觉得这样不好，担心自己是不是得了人格分裂，直到后来她想起大文豪鲁迅先生的一句话："创作，源于生活，高于生活。"自己在脑海里讲故事，也是一种创作吧，说不准以后自己会成为一位作家，她安慰自己。

02

"欢迎光临。"

走进的是一位中年大妈，匆匆地挑了两包枣子，付款之后又匆匆地走了。陆阿娇还没来得及瞧出她是什么模样，不过看背影与陈大妈挺像的。

说起来，陈大妈也好久没来了，有多久呢？陆阿娇用手指拨着手边货架上的口香糖，歪着脑袋想上一次陈大妈光临是什么时候，买了什么。

噢，想起来了，是上个月十二号，买了两条洁柔纸巾，还想讨个折扣，可惜那天没有促销活动。哦，对了，那天她还打趣说给我介绍男朋友。陆阿娇想起这个就忍不住发笑。

陈大妈是这条街上的老街坊了，经常来光顾这家便利店，身材矮胖，一头灰白小短发，喜欢对人笑，所以陆阿娇总觉得她像年轻了十多岁的奶奶，虽然她没有见过奶奶以前的照片。

陆阿娇坐在收银台，右手撑着小脑袋，心里默数着日子，嘴上念念碎碎地自语："13日、14日、15日……10月1日、10月2日……今天是10月8日，嗯，已经有26天没来了。"想到这里，她又没来由地思念起这位爱笑的大妈了，虽然她老是打趣自己没男朋友。

"欢迎光临。"这次走进的是阿娇的同事张福达，是来接阿娇的班的。

已经轮到了早班，没想到胡思乱想了一阵时间竟然过得那么快，已经到换班的点了。

"你好啊，张哥。"陆阿娇用打招呼来掩饰魂不守舍的工作模样。

"嗯，你好，辛苦你了。"张福达客气地回应。张福达是一位稍微有点木讷但甚为健壮的男店员。听说原本老板是不打算招他的，可是又担心没有个大个子，重活没人干，所以也不挑其他人了，看见他老实强壮就要了。他算是新来的了，才不到两个月，可是已经包揽了原本属于阿娇一众女生该干的各类重活，所以他在大家面前都有一个不错的印象。

因为两人的班次不同，所以很少在一起工作，为了避免打招呼之后的沉默的尴尬，阿娇又问："张哥吃饭了吗？你这么大个子，一定吃很多吧？"话刚出口，陆阿娇就觉得自己说了一句很蠢的话，唉，问人家吃饭没有就问呀，干吗还要加一句"一定吃很多吧"，显得没头没脑的。

阿娇正在暗自后悔，木讷的张福达也没怎么觉得尴尬，说："还没吃呢，饭量嘛，还行，好吃的话可能吃多一点。"

阿娇"嗯"了一声算作回答。

当阿娇换好便服出来的时候，张福达已经穿着员工服在搬架子上的商品了。几十斤重的东西怎么在他身上就瞧不出重量呢？阿娇心里暗叹。

走出便利店，天上乌云重重，空气中已经弥漫着一股湿润的水汽。阿娇大口地吸了几口，工作的疲倦竟然一扫而空了，她暗自得意，觉得自己有当女强人的潜力，随便吸几口冷空气就能补充能量。

忽然天空传来几声闷雷，阿娇看看手里，什么也没有，才想起没有带伞，她赶紧跑到最近的公交站，也是她好运，公交车立马就来了，上车，嘀卡，找了个靠窗的位置坐下。刚坐下，大雨倾盆而下，打在车窗上啪啪作响，阿娇看着窗外的行人，有四处奔走找地方躲雨的，有狼狈地找伞的，有男性把身上大衣脱下为身旁女生挡雨的，然后她看看完好无损的自己，不由得庆幸。可是她马上又想起家里阳台上的衣服没有收，心情一下子又耷拉下来了，想着明天又不能穿那件帅气的夹克了。

"不知道陈大妈收衣服了没。"她又开始没理由地想起这位爱笑的大妈了。

陆阿娇记得有一回陈大妈正在便利店买东西，忽然外面响起了一阵闷雷，陈大妈大叫一声："啊！忘收衣服了！"然后手忙脚乱地付款走人了，全然没有理会还放在收银台的一大堆日用品，最后还是阿娇下班的时候打听了陈大妈的住处，然后把东西送了过去。忽然又想起打听陈大妈住处时的情景了：那一次是问了一位常年在街边拉二胡的大爷，那位大爷每天都会拿着一条小板凳坐在人流较多的街口，然后忘我地拉起二胡，一拉就是一个下午。阿娇闲来无事还经常跑过去捧场，不过除了阿娇，这老街上可没多少人喜欢这个脾气冲天的老爷子。

　　拉二胡的大爷一听描述，就没好气地说："不就是那个逢人就夸自己家儿子的陈老妈子吗，真是王婆卖瓜，自卖自夸，要是老子的儿子还在的话，准比她那个没有半两肉的儿子有出息。"不过最后还是拉二胡的大爷指明了陈大妈的住处，才让阿娇顺利找到，那一次还看见了经常被自己母亲夸的"陈大妈的儿子"，挺有礼貌的一个人，不过还真是挺瘦的。

　　陆阿娇的视线穿过爬满雨水的车窗，再越过厚厚的雨幕，看着某些人家窗口搭出的晾衣架上随风摇曳的衣服，她估计这些人家也跟自己差不多，独身居住才没有个家人帮着收衣服吧，陈大妈有个儿子，她忘了的话，儿子应该会记得的。

　　可是究竟发生了什么，陈大妈可是已经二十六天没光顾便利店了呀，她家的洗衣液应该是用完了，在上周就该来重新储备一番呀。此时公交车驶过一家寿衣店，阿娇朦朦胧胧地瞧见一个似曾相识的身影在店里，灵光一闪，想起来了，就是陈大妈的儿子！

　　难道？陆阿娇心里有不好的预感，想摆脱这个可怕的猜想，可是这个想法又不可自抑地冒出来：陈大妈已经去世了？

　　这个可怕又悲痛的想法像一块香蕉皮，不小心踩到了，便不由自主地滑向了深渊。

阿娇坐在车上已经听不见提示到站的广播的声音了，思绪飘回了上个月——上个月的某一天，陈大妈来便利店的时候脸色不大好，阿娇问："陈大妈，您今儿脸色怎么那么难看？"陈大妈"唉"了一声说："最近晚上老是咳嗽，没睡过几天好觉。阿妹，你说是不是最近空气变差了，我老是感觉不舒服。"

当时阿娇眯着眼盯着陈大妈看，看得陈大妈直发毛。"哎哟，一个大姑娘干吗用这种眼神盯着我一个老妈子看。"

阿娇故作神秘地说："陈大妈，您最近是不是老是感觉胸口发闷，心情不好，睡眠不足，精神不振？"

陈大妈听了，忍不住点头："哎哟，阿妹，你怎么知道的，大妈我究竟是出什么事了？"

阿娇认真地歪着脑袋想了一会儿，然后面无表情地摇摇头说："不知道。可是电视上都是这么说的。"

陈大妈听了，张张嘴，想说点什么，可是就是说不出口，随后一言不发就走了。

唉，原来陈大妈那个时候已经……

陆阿娇虽然没有问过陈大妈的年龄，但是看样子，约莫只是五十多岁，不知道五十年的日子，陈大妈觉得可惜吗？

阿娇又想起了奶奶。阿娇的奶奶去世的时候七十二岁，阿娇十一岁，那个时候的她还不是很懂死意味着什么，只有妈妈悄悄地告诉她："奶奶去了一个很漂亮的地方。"阿娇问："为什么奶奶不带我去？"妈妈想了一下说："你还小，去不了。"阿娇又问："那我什么时候能去，奶奶什么时候来接我？"妈妈没有再回答阿娇的问题，只是催促她睡觉，可是阿娇那晚睡不着，因为没有奶奶讲的故事。

"喂喂，小姑娘，到终点站了，还不下车？"公交车司机的话把陆阿娇扯了回来。

"啊！过了过了！"阿娇急急忙忙地下了车。此时雨已经停了，阿娇一蹦一跳地跨过雨后地上一摊摊的水，这次却等了二十分钟，终于搭上了回去的公交车。

回到家里，阿娇发现她不仅忘记了收衣服，还忘记了关窗户，一场大雨，雨水都灌进了屋子里，阿娇看着在客厅里漂荡着的小黄鸭，都快要哭了，心里琢磨着能不能在地板打个洞，把水都排到楼下去。在用了三把拖把、五条大浴巾之后，阿娇终于把客厅里的水拖干了，累坏的阿娇随手拿起小黄鸭就是一顿劈头盖脸地骂："没用的东西，也不知道关窗户，是不是有水进来了，刚好可以游泳，坏东西！"然后她看着能拧出水的衣服，叹了口气说："怪我吧，长得那么漂亮也不能带你出去见人，那就下次吧。"

阿娇决定去探望一下陈大妈，哪怕是上炷香。出发之前阿娇专门挑了一套深色的衣服以示庄重，而后想到两手空空去，看见了陈大妈的儿子也不好意思，思来想去也不知道该买什么，最后路过一间水果铺，挑了一个水果篮才安心地出发了。

距离上一次来的时候，已经有半个月了，阿娇也不大记得路了，最后还是跑去再问了一次路口的拉二胡的大爷才找到。

巧得很，才到楼下就碰见了陈大妈的儿子。阿娇看见他站在楼下好像在等人，她也不多想，深深吸一口气，提着水果篮走到陈大妈儿子的面前，说："你好啊，还记得我吗？"

陈大妈的儿子明显愣了一下，可是很快就调整过来了，说："噢，记得。你是前面便利店的店员，我妈经常提起你，有一次她落了东西在你店里，还是你给带来的，那次也没好好招待你，真不好意思。"

阿娇听了赶紧摆摆手，急忙道："不不不，那是我应该做的。唉，我听说了你家的事了，真的很遗憾呢，不过生老病死就是这样的，人生无常嘛。陈大妈人很好，会到一个很漂亮的地方的，可能还会见到我奶奶，做人嘛，要看开一点，节哀顺变吧。"

话音刚落，嘴巴还没有完全合起来，就这么随着气氛给凝住了，因为阿娇看见了从后面楼道走出来的陈大妈。

阿娇咽了咽口水，手指在陈大妈和她儿子身上摇摆不定，她意识到又是自己误会了。可是此时的陆阿娇脑子一团糟，根本不知道该怎么圆场。还是陈大妈的儿子清醒得快，知道面前这个女孩子误会了，主动开口："哈哈哈，看来你是误会了什么，我妈身体好着呢，这个月因为我孩子出生，我妈都在帮忙带孩子呢。"

由于陈大妈刚到，听得糊里糊涂的，不过还是跟阿娇热情地打招呼："阿妹，你来啦，哟，好久不见了呢，变漂亮了，下回陈妈给你介绍个不输我儿子的男孩子给你认识。"

阿娇听了只能呵呵地赔笑，然后把手上的水果篮当作祝贺孩子出生的礼品塞进了陈大妈的手里，最后头也不回赶紧跑了，留下一脸不解的陈大妈在风中凌乱。

阿娇快步地走着，终于拐过了路口，回头没有看到他们才放心了下来。啊啊啊，又丢脸了！这次丢脸丢大了。阿娇扁着嘴走着。不过还好，最重要的是人没事！对比自己丢脸，得知陈大妈没事应该是天大的好事呀。想到这里她身子又轻盈了起来，踢着小步子走得轻快，抬头一看，只见天空上徘徊了数天的乌云竟然散去了，当久违的阳光再次光临这座灰白的城市时，世界一下子变得鲜艳夺目。

晚上，阿娇又开始上夜班了。阿娇觉得那晚的月亮跟小时候和奶奶在院子里乘凉的时候看到的那一轮一模一样，又大又圆。

03

"你知道吗，今年漫威又会出一部超级英雄电影。"
"真的吗？没听说耶，预告片出了没有？"
"出了，待会儿我给你看，超厉害的。"
…………

阿娇看着两个一边舔着雪糕一边讨论超级英雄的中学生走出便利店的背影，不由得想起自己也很久没去电影院看超级英雄电影了。

阿娇不但喜欢看超级英雄的电影，而且从小就相信"神奇"，一切在外人看来是子虚乌有的东西，她都相信。小时候她坚信世界上有外星人，她也坚信美国有一个十一区藏着地球最神秘的东西，同样，她也相信世界有超级英雄！

小时候的阿娇确信隔壁张大爷家的调皮的小猫从电线杆摔下，第二天仍活蹦乱跳是得到了超级英雄的暗中帮助，而村里特困户张大妈的家门口经常出现的食物也一定是超级英雄的馈赠。

她还记得有一次，她的村里一位外出打工的大哥在春节返乡的路上遭劫了，就是一位英雄救了他。

就是英雄，是那位大哥亲口说的。那位大哥说，大晚上的，本来都想认栽了，就想着把钱交出去吧，权当买了个平安，能平安跟家里人过节就好，可是老天爷开眼了，一辆摩托车唰地冲过来，一把把我扯上车，一溜烟就跑了。可惜的是天太黑，下车的时候我也没瞧见那位救我的英雄是什么模样，也找不到他了，他真是救命恩人呀。

阿娇当时听了追着那位大哥问，超级英雄长什么样子，穿什么，是蜘蛛侠还是披风超人。那位大哥听了，哈哈一笑，摸着阿娇的小脑袋说："没瞧清长什么样呀！不过英雄嘛，不都是高大威猛的吗？"

从那之后阿娇更加坚信世界上存在超级英雄，坚信他们在默默地保护着地球。

阿娇决定下班之后约朋友一起去电影院看一部超级英雄电影，好让英雄们知道她陆阿娇并没有忘记他们的存在。

找谁呢？阿娇在通信录里找来找去，终于想起一个人了——她的邻居小易。

小易是租住在她隔壁的一位大学生，是漫威的超级粉丝，他租的十几平方米的小屋子里的墙上贴的全是各类超级英雄海报。不仅如此，小易还喜欢收藏漫威的各种纪念品，其中最让阿娇喜欢的是他收藏的那一套超级英雄水杯。

鉴于小易对于漫威的热爱，阿娇觉得小易跟她是一路人，所以今晚她决定主动邀请小易去看最新的超级英雄电影。阿娇吃完晚饭回到家里，敲开了小易家的门，这位还带着稍许稚气的大学生听了阿娇的提议之后，愉快地答应了。

晚上八点钟的电影，阿娇从七点就开始准备了，她像是去拜访一位许久未见的老朋友，甚至挑了一套酷似《超人》里面的女主角的衣服。

由于电影院不远，两人走路前去，当他们快到电影院时，发现前面路口挤满了人，好像在围观什么。走近一看，原来是电影院前面的一栋高楼的八层着火了，大楼前停了三辆消防车，看样子消防人员已经进去救人了。

"哎哟，听说上面还有很多人呢，不知道现在上面怎么样了。"

"我刚刚看到几个救出来的都是被消防队队员背着出来的，全被熏晕了！"

…………

吵闹的围观人群里不断有议论声传来。阿娇忽然左看看右看看，她有种预感，英雄要登场了——真正的英雄会在万众瞩目的时候登场，解救苦难中的人民。

她开始留意周围的一些"形迹可疑"的人，她企图捕获超人变身的那一刻。

"娇姐，咱们还不走吗？快要进场了。"小易扯扯正在左顾右盼的阿娇。

"小易啊，你想不想看真正的超级英雄？"阿娇一脸神秘地跟小易说。

还没等一脸茫然的小易反应过来，赶紧把他扯出人群，躲在一个视野较好的地方。

阿娇信誓旦旦地告诉小易，超级英雄即将登场了，只有超级英雄才能拯救火灾中的人们，而这是他们见证英雄拯救世界千载难逢的机会。小易听完阿娇一本正经的长篇大论，吓得眼镜都快掉了，赶紧扶了扶眼镜，然后伸手摸摸阿娇的额头，说："阿娇姐，你这毛病啥时候才能好呀，赶紧进场吧，都快开始了！"

阿娇听了小易的话大为扫兴，哼了一声说："你自己去看你漫威的超级英雄，我要看真正的超级英雄。"

小易苦劝未果，又看了看一脸认真的阿娇，叹了口气然后自己一个人急急忙忙地跑去电影院了。

十分钟，二十分钟，半个小时过去了。

救火现场忽然爆发出一阵喧闹，阿娇赶紧又钻进了人群，原来是消防人员出来了。不是想象中的英雄登场，阿娇心里有点失落。人群中央，只见一位被熏得黑头黑脸的消防队队员直立敬礼，一脸肃穆，大喊："报告队长！福和大厦八层，共计五十二名被困市民已经全部救出，有十名市民轻伤，已全部送往医院救治。"

话音刚落，现场爆发出一阵热烈的掌声。

阿娇环视四周，没有发现躲在**角落**准备换装的超人，也没看到横空出现的蜘蛛侠，更没有盖世英雄**登场**，但是她发现围观的人们都对消防队队员们报以微笑。

阿娇看着眼前一大群穿着红色制服，戴着大大的头盔，脸却被熏得黑黑的消防员，在想这个世界究**竟**有没有超级英雄。有吗？她坚信有！就在眼前。

阿娇依旧坚信世界上有超级英雄，不过她并不知道的是，她村里的那位大哥骗了她，英雄并不都是**高大威猛**的。那一晚骑摩托车的小哥就是因为长得瘦弱才不敢下车。

当晚阿娇没有再去看电影，她安安静静地回到家里，换上居家的便服，打开电视，蜷缩在沙发上默默地看着新闻。那晚的新闻报道了许许多多的英雄事迹，介绍了好多好多的先进模范，可是阿娇知道，有更多更多的"英雄"没有出现在荧幕中，没有出现在报纸上，没有人知道，就像张大妈家门口悄无声息出现的食物，就像救了返乡大哥的陌生人，可是他们都是生活中的"英雄"。

阿娇终于明白了，谁都是凡人，可是，谁也都是"超级英雄"。

04

"夏美，我告诉你噢，刚刚我来的时候在路口那儿遇到个肩膀站着猴子的人，猴子还对我龇牙。"阿娇一进便利店，包包还没放下就用十分惊奇的语气跟一个叫夏美的同事说。

"可能是杂技演员吧，总不会把猴子当宠物养吧。"夏美没有抬头，一边整理货架上的东西一边说。

"不不不，那猴子穿着衣服还戴着帽子，打扮得像一个孩子，一个毛茸茸的孩子，夏美，你说好笑吗？"阿娇没等夏美回答，继续说下去，"我觉得那个人不是杂技演员，更像山里的猎人，那猴子可能是野生猴子，是那人的助手……"

"十点了，时间到，交班！"还没等阿娇说完，夏美抢着说，然后把手里整理出来的即将过期的沙丁鱼罐头塞到阿娇的怀里。

阿娇看着头也不回，只留下个潇洒的背影的夏美，阴阴地低语："这小妮子怕是交了男朋友了，呵，下次逼问她！"

捧着一堆沙丁鱼罐头的阿娇环顾一下四周，发现明亮的便利店里只剩下自己一个人了，她不由得叹了一口气，然后老实地把沙丁鱼罐头整齐地摆放到快到期促销区。

晚上十点，老街开始沉默，漫长的夜班又要开始了。

清醒的夜总是漫长的，这好比是看着时钟的时候总感觉时间走得特别慢。

最近阿娇喜欢研究玄学。这是她最近听了一个"墨菲定律"的东西引起的。

墨菲定律说，如果你担心某种情况发生，那么它就更有可能发生。生活上也的确如此，例如阿娇，她今天早上出门的时候看到天气不是很好，阳台的衣服还没收，但是上班的时间又赶，就想着：不会下雨的，不会下雨的，别担心了。结果老天爷还是给她泼了一盆凉水，阿娇想到这里就心塞：那几件衣服都晾了三天了，还是穿不了。

他已经坐在那里一个小时了，不过还好，只喝了一瓶罐装啤酒，看来不会发酒疯了。阿娇悄悄地观察着坐在落地窗旁的那个男人。这回不会错了，这肯定是一个失恋的男人，非常肯定，哦，也有可能是失意的男人，失业了或者家里出事了，总之，他很不好！

怎么个不好？阿娇留意到他左手拿着啤酒，右手拿着根还没点着的烟，眼睛直视落地窗外漆黑无人的大街已经十五分钟了，完全没有动过，甚至她故意把货架的罐头撒了一地，砰砰地响，也没能引起那个男人半点的注意。这个失意的男人实在太引阿娇的想象了，尽管她前天已经下定决心：为了不引起尴尬，以后绝不随便猜测别人的生活。可是这个完全沉浸在自己世界的男人又让阿娇有了探索的欲望。

咦，他动了。他掏出了手机，想打电话，不行，又停住了，最后还是放下了手机。阿娇想，他想打电话给谁？女朋友？想挽回？是的，不过他不敢，那究竟是他自己的错，还是对方给他造成的伤害使他却步了？

让阿娇惊讶的是，那个男人忽然站起来了，径直朝阿娇走来，搬来一张凳子，直接坐在阿娇面前，开口说："你相信世界上真的有爱情吗？"

阿娇有点反应不过来，不过心里笃定了一点：他在为爱情烦恼。这回终于不会错了！阿娇心里还带有稍许开心，正想认真回答男人的这个问题。

没等阿娇说话，男人又说话了："你相信一见钟情吗？我信，但是她不信！她说，一见钟情都是错觉，是寂寞无聊时随便扯住的一个擦身，她说一见钟情的爱情是保质期最短的，她终会烦，我终会腻。你们女生都是这么想的吗？我不是呀……"

"等等！你还没告诉我，是谁对谁一见钟情呢？"阿娇见对面的男人开始有点激动，赶紧截住他的话头说。

"是我。我第一次见到她，就喜欢上她了。我们是同一所大学的学生，我大四，她大三。本来即将毕业，我也该专心找工作了，可是在那一次的排球比赛上，我遇见了她。见到她的那一刻我终于明白'命运'这个词的含义了，she is my destiny。"

"喀喀，小伙子，我现在明确告诉你，一见钟情是存在的，我与我男朋友就是这样的。"

他叫杨直，阿娇认识他的时候还是一名大一新生，而他是学院里的篮球队队长。

阿娇第一次发现他喜欢上自己是在一场篮球比赛上。阿娇恰好是拉拉队成员，那个时候她还不认识这位学院的风云人物。当然是风云人物啦，阳光帅气，打球又厉害，听说他刚入学的时候倒追他的学姐就不少，其中不乏学校里的女主持、女模特，但最后也没有见他和谁在一起。

说起那次初会，阿娇的脸上还浮现出几分甜蜜。

阿娇甚至还记得那场比赛的比分，65：50，大胜。胜利之后自然少不了欢呼与祝福，可是对于花痴的女生来说就是揩油。拉拉队除了毫无意义地呐喊助威之外还要给运动员送水，那时阿娇勤勤勉勉地履行着自己的职责，手里拿着两瓶水，看着一大群同样队服的男生走下场，一时间不知道该给谁，正考虑着要不要多拿几瓶的时候，后面一群女生兴奋地涌过来裹挟着阿娇撞了上去，就这样，他糊里糊涂地出现在她面前，她也不明不白地出现在他面前。

阿娇就在喧闹的人群中把水递了上去，他冲她微微一笑，接过水。阿娇心在狂跳，他这样看我，是几个意思呀，喜欢我？我长得可爱？想追我？不行，我要冷静，太多人了，要矜持。

又是一阵喧闹，他转眼被一群人推着走了，嚷嚷着庆功宴什么的。球场一下子空了，只留下还拿着一瓶水的阿娇独自脸红。

自那次之后，阿娇发现杨直总是出现在她周围，在饭堂打饭的时候会遇见，在教学楼打水的时候会遇见，还有一次阿娇在图书馆的五楼找书的时候也遇见了他，那一次他又对阿娇笑了，一如在篮球场的时候。阿娇的大学可不算小，她还专门上学校官网查了一下本校的师生人数，足足有两万多人呢，为什么总会遇见他呢？阿娇心想：自己除了漂亮可爱，也没什么值得别人喜欢的优点了，他为什么非要喜欢自己呢？

"所以最后，你们在一起了？现在还在一起？"男生迫不及待地问。

阿娇面无表情地点点头，接着说："所以，小伙子，要相信爱情，现在就把我的故事告诉她吧，勇敢地拿起电话，加油！"

男生高高兴兴地出门了，只留下了一句"欢迎光临"。

阿娇坐在收银台，右手托着腮帮子一直看着男生的背影，直到他消失在夜里。

唉，令人羡慕的青春。

阿娇说的那个故事自然是骗他的，不对，这样说不对。应该说阿娇说的那个故事是真的，是那个男生自己骗了自己。

的确，阿娇说的所有的话都是真话，除了最后的那个点头，但是点头只是动作，不是话。所以阿娇还是没撒谎，撒谎不就是说假话嘛，阿娇心安理得，因为她没有说一句假话。

夜，最让人着迷又最烦人的就是爱勾起无眠之人的回忆。

阿娇没有说一句假话。在她的青春岁月里的确有那么一个叫杨直的阳光少年，像所有的偶像剧一样。但偶像剧是荧幕故事，是编剧和导演拼凑出来的东西，而现实是他没有爱上她。

阿娇确信杨直是喜欢上自己了，少女总是这样，一开始不知道所谓的爱情是什么，可是当爱情来临的时候却总坚信不疑。阿娇整个人沉浸在粉红色的少女梦幻中，一会儿猜想杨直是不是从她入学就开始注意她，一会儿又在想谈恋爱的时候是不是要注意点什么。原来处在爱情边缘的少女的智商也是负数的，杨直还没向她表白，她已经开心地想到了以后两人孩子的名字，她抿着小嘴，左看看，右看看，害怕被人瞧出了内心的想法。

阿娇甚至开始幻想杨直的表白场景了：会是老套的壁咚吗？虽然很羞人，但是又好期待。会托人给我送情书吗？千万别呀，这个太老套了！少女又总是善变的，阿娇是心里不喜欢情书，可是转头每天都会去宿管大妈那里问有没有给自己的书信。不过一连问了好几天，大妈都是不耐烦地摇摇头，甚至没有说话。

同时，阿娇也已经好几天没见过杨直了，有时会想：要不要自己主动点呢，可能杨直是个害羞的男生。至于矜持什么的，在阿娇看来是最不值钱的东西。在阿娇陷入了幸福的烦恼中时，她的舍友看出来了，问她怎么回事，她忸忸怩怩地告诉了舍友。这位自认是班花的舍友脸上毫不掩饰内心的惊讶，甚至还带有一丝嘲讽，最后不服输的室友偷偷跑去问那个叫杨直的少年，而少年一脸茫然的神情根本不需要阿娇再去脑补了，哪怕再多想一分都会把阿娇羞死吧。

陆阿娇现在回想起来，心里依旧有点不好意思，不过，青春嘛，总是交织着懵懂与美好的。阿娇忽然想起自那次起，她再也没有谈过恋爱了，也没有再体会过爱情的滋味了。阿娇双手捧着小脸，愣愣地回想：恋爱是怎么样的呢？好像是粉红色的，又像热烈的潮水。

窗外的月夜正盛，阿娇竟然想起了一首很久之前看过的古诗，"今夜月明人尽望，不知秋思落谁家"。果然自己记那些不管用的东西的本领强得很，阿娇不由得感叹一下。

不知道今夜，那位名叫杨直的少年身在何方，而他头上的月亮是否有这位便利店女孩看到的那么圆。

阿娇终于明白自己为什么那么喜欢为与她擦身而过的人"编造"故事了。小时候阿娇问过奶奶，问她为什么知道那么多故事，奶奶说，爷爷去世之后，她每天在院子里乘凉，那时候有很多很多的萤火虫在院子里飞舞，是它们告诉她的。

原来在阿娇眼里，都市里形形色色的人都跟萤火虫差不多，对于自己而言都是明灭间的存在，今天来了一群，明天换了另一堆，对于阿娇而言，其实别无二致。

今晚的月夜真凉呀。阿娇心里想。

图书在版编目（ＣＩＰ）数据

愿余生与你相逢 / 仲尼著. — 北京：中国友谊出
版公司，2019.9（2022.3 重印）

ISBN 978-7-5057-4809-5

Ⅰ.①愿… Ⅱ.①仲… Ⅲ.①故事—作品集—中国—
当代 Ⅳ.①I247.8

中国版本图书馆 CIP 数据核字(2019) 第 200245 号

书名	愿余生与你相逢
作者	仲尼
出版	中国友谊出版公司
发行	中国友谊出版公司
经销	新华书店
印刷	嘉业印刷（天津）有限公司
规格	880×1230毫米　32 开
	8.5印张　180 千字
版次	2019 年 10 月第 1 版
印次	2022 年 3 月第 3 次印刷
书号	ISBN 978-7-5057-4742-5
定价	48.00 元
地址	北京市朝阳区西坝河南里 17 号楼
邮编	100028
电话	（010）64678009

如发现图书质量问题，可联系调换。质量投诉电话：010-82069336